青春之不你喧鬧。

Listen to Our
Racing Hearts

凝微 著

Contents

各界名家雀躍推薦

網路小說人氣作家 Sunry

輕快的節奏，描述出遲鈍的情感、暗戀的掙扎，訴說著你我都曾經歷過的青蔥歲月——那些關於年少的莽撞與青春的懵懂的美好時光。

青春甜文系作家 蔚海

凝微的文筆細膩、故事浪漫卻不失真實，在閱讀的過程中，會不自覺深陷於故事裡頭，感受到主角們細膩的情緒，跟著高興、難過、深思，在閱讀完整本書時，也是感到相當滿足的。

凝微文字與人一樣，都給我一種溫柔浪漫的感覺；並非是華麗絢爛，而是帶著淡淡的情愫，且將在自己的心中停留很久。

幻奇實力派繪師 九櫻

我們的形狀不同，卻能夠彼此重疊——大概是因為凝微的角色都投注了自己的身影，所以才能讓讀者有所共鳴吧！

鬼才驚悚名家 黑麒

打開書頁之後，很快的，我的心也跟著祝恆、朵朵一起喧鬧了，許久不曾有的心情感動，一一襲來。

言情天后 梅洛琳

關於凝微，她的生活可比小說情節精彩，寫的小說又能夠讓人甜蜜心動，大概就跟她的人一樣甜滋滋的吧！

少女心言情作家 上官憶

這是個簡單卻又可愛的故事，雖然劇情簡單卻不無聊，靠著凝微獨特的文字魅力，流暢的情感互動，勾勒出豐富的故事輪廓，我想，也只有凝微能做得到。很像在看一本畫風華麗可愛的少女漫畫，每個角色都很鮮明，帶著青春的躍動，連「妳是本大爺的狗」都成了最佳年度告白了。

章一

心跳開始前

01

「妳長得真像一隻狗。」

「哈啊？」

姚朵不敢置信。她只不過是不小心跌進草叢裡，怎麼就被人當成了狗？

不過，對方好像是認真的。他昂著首，讓陽光照亮他堅毅的臉龐，輕挑的眸光看得她目不轉睛。

那一刻，他比太陽更耀眼。

「挺適合當我跟班。」他笑容狂妄，卻奪人心神，「喂，以後待在我身邊吧！大爺我罩妳。」

憑著這句話，姚朵在班上橫行無阻了三年。凡走過之處，同學都要喊她一聲大姐大。功課不用自己寫、便當也不用自己抬，更沒有一個風紀敢在登記簿記她遲到，營養午餐剩的養樂多全都貢獻到她手裡，餐盒還會莫名其妙多幾塊豬排。哈，這樣挺好，她國中三年過得很威風，全是因為有那位大人罩——才怪。

「朵朵！我要喝可樂，五分鐘內買來。」

「朵朵！大爺我等一下要比賽，記得準備毛巾啊！」

「朵朵！妳來幫我掃廁所，我要睡覺。」

「朵朵！這邊有——」

「啊！夠了！不要什麼事都找我啦！」她轟天一炸。

那位大人安靜了，她覺得大難臨頭。咬著下唇，她開始緩步輕移，想趁他火山爆發之前離開那裡。

她瞄一下門口，喔，只差一步，就一步……

「姚朵。」

完了完了，他只有生氣時才會喊她全名。

「怎、怎麼了？祝恆大人。」小的愚昧，但要殺要刮還是不能隨便你。

「過來。」

她緊張地抬眼，那位大人的影子壓得她喘不過氣。他明明就坐在課桌椅上，她卻覺得他頭上戴了個皇冠，翹著腳占據王位，一襲紅色披風在後，然後，用看螻蟻的眼神看她。

「我說過來妳沒聽到嗎？」

「聽、聽到了啦！」她只好低著頭靠近他。

「妳知不知道妳長得很像狗？」

長得像狗？你才像狗！你全家都像狗！

她是很矮，只有一百四十五公分，但離流著口水汪汪叫的狗還有點距離吧？

「長這麼矮，臉又很小，笑起來眼睛彎彎的，還留了紅褐色頭髮，就像一隻紅貴賓。」說完，祝恆忽然抓住她的下巴，目光高傲，嘴角上揚。「姚朵，妳以為在學校都沒人欺負是託誰的福？」

「你、你的福……」唔，他的臉好近！

「還好，有自知之明。告訴妳，本大爺就是看妳長得太弱小，所以才主動說要罩妳。」他再度靠近，那雙鷹眼彷彿要將她整個人看透，「妳不也只需要幫我跑跑腿就能平靜三年，有什麼不滿意嗎？」

沒、沒……最好是沒啦！哪裡平靜了？

班上的人都視她為祝恆的寵物，雖然不敢欺負她，但一定也在背後嘲笑她吧？而且，她不僅要自己寫功課、抬便當，還要幫那位大人寫功課、抬便當！最慘的是，她的養樂多、麥香奶茶全都要貢獻給他，便當裡的豬排、雞腿也從來不會是自己的。

這種生活，哪裡平靜？

她突然很後悔那天腳滑跌進草叢，才剛好被路過的祝恆看見，還順道成了他的狗。

「喔，看妳一臉哀怨，似乎是覺得本大爺對妳不夠好？」

姚朵咬住下唇，一雙大眼骨碌碌地看他。

「妳知道我剛才叫妳要幹嘛嗎？」從容一笑，他再問。

「要幹嘛？」

祝恆嘆口氣，從書包拿出一個包裝精緻的布丁，在她眼前晃了晃。姚朵一愣，分辨三秒，才發現那是她最愛吃的東西——甜菓子家的焦糖布丁！

那是一家團購名店，她是它的忠實顧客，每個月都會訂一盒甜點來吃。但甜菓子最近結束營業了，說是開了實體店鋪、忙不過來，要到山上才買得到。她覺得奇怪，開在山上怎麼會有生意？

但現在她管不了那麼多。

「這是給我的嗎？謝謝你！」她超高興，下意識伸手去拿。

那位大人不給她。

「咦？」她眼巴巴望著他收回手。

祝恆挑眉，「看妳流著口水的樣子，每個月都訂一盒的那位『姚朵』真是妳啊？」

什、什麼意思？

「甜菓子是我姐的店，她說妳每個月都會買。」

甜菓子是他姐開的？這樣正好！她以後就可以請他幫——

「這樣正好，妳真成了我養的狗了。」他無良揚笑，「對，這布丁本來要給妳當作獎賞，但我改變主意了。」

他把布丁丟給隔壁的平頭，「喂！給你，這個月多的飼料。」

「耶！謝謝阿恆！」

耶個頭啊！把她的布丁還來！

她本來想衝上去搶，但祝恆又把她的下巴扳回來，「……妳要去哪裡？」

「搶、搶撲聽……」

「去搶啊！」說完，他嘴角一揚，炯炯目光掐住她的心臟，「那樣，我這輩子都會纏著妳。」

她一愣，小心臟跳得有點快。

「然後，盡情看妳在泥沼掙扎。」他的面目扭曲，「呵呵，那驚恐的樣子一定很可愛。」

「……」

她錯了，就算她開學那天沒跌進草叢，她也會成為他養的狗。因為，他就是一個不折不扣的王。長得很帥，卻心智扭曲的王。

姚朵：祝恆？他根本是暴君！而且他有妄想症，覺得全世界都是他僕……不說了，他來了。

02

祝恆是王，正確來說，是整個學校的王。

他並沒有要求大家聽他的話，卻自然能呼風喚雨。姚朵想，應該是因為他家有錢，而且又十項全能。長得帥、會運動、會讀書，根本就是女生的夢中情人。只可惜，這樣的他……

「這次段考又是第一名？祝恆真的好厲害！」花癡女圍繞在那位大人的身邊，滿臉是奉承。

祝恆笑容狂妄：「呵！那些螻蟻怎麼可能比得過本大爺。」

「……」周遭的螻蟻紛紛看他。

是，他很驕傲，驕傲到認為自己是世界的神。

雖然他的確有本錢驕傲，但姚朵認為這樣的人活不過二十歲。呸！她隨便說的，可沒有要詛咒他的意思。

「既然這樣，教人家數學嘛！」花癡一號磨蹭他的椅背。

「對啊、對啊！祝恆教一下我們啦。」花癡二號在他的桌子上畫圈圈。

「祝……」

眼色一凜，祝恆拍掉花癡三號的手，「……大爺我只教人類。」

撇下這句話，他霍地站起身，離開了那個狼女環伺的座位。

「哇！不近女色的祝恆果然很帥！」

「嘿嘿，他愈狂我愈喜歡！」

「祝恆大人我愛你！」

姚朵汗顏，那些女生是腦袋有洞嗎？她都恨不得自己逃離那男人的掌控之下了，怎麼會有人這麼喜歡他的狂妄？

「朵朵！」

她心臟縮了一下，「怎、怎麼了？」

他抓住她的手，「走，陪本大爺蹺課。」

「咦？這樣好嗎？」她愣住，卻被拉著走，「喂！等等啦……」

哪有不近女色？他不就很愛拉著她到處跑嗎？

「祝恆大人真的很愛帶他的寵物去散步耶！好有愛心喔！」

「對啊！愛狗的男人最帥了！」

誰是寵物啦！她是女色、是女色！姚朵在心裡哭泣。

兩人到了頂樓，祝恆才放開她的手。姚朵覺得很悶，因為她一點都不想蹺課。她才正想問他要做什麼，對方卻露出難得一見的沉鬱神色。

原來，他也會有這種表情。

「女生真是煩人的生物。」他忽然說。

姚朵愣了愣，想起自己也是女生，「哪裡煩？」

「妳也看到了吧？一下課就黏上來，煩都煩死了。」

「喔……」那，也是因為他很帥吧？

「妳說，我到底要怎麼叫她們滾開才好？」

看他是真的困擾，她想了想，「唔，就像你對討厭的人那樣，罵跑他們？」

「罵過了，還不是黏得更緊。」

祝恆背靠欄杆，陽光逆著落在他臉上，睫毛下刷成了一片小小陰影，看起來格外溫柔。

溫柔？她怎麼會用溫柔形容他？

「那就不要理她們吧！總有一天會自己走掉的。」大概吧。

聽了，祝恆側過臉看她，忽然勾起一弧閒適淺笑。他的鷹眼微眯，奪目的瞳光再度掐住了她心臟。

「還是妳好。」

「咦？」她一怔，看他滿臉從容。

「待在妳身邊的時候輕鬆多了。」他的視線飄向天空，像是那朵雲給了他什麼感觸，「嗯，大概就像那個一樣讓人放鬆吧？」

「像哪個？」

「嘖，不說了，我們去看看福利社賣了什麼甜點吧。」他離開欄杆，一下子就往樓梯走。

不對啊，她問：「祝恆，你不是討厭吃甜的嗎？」

那位大人卻連頭也沒回：「對啊！那是要買給寵物吃的。」

在那個國一上學期的時節，姚朵第一次感受到了祝恆對自己的關心。雖然他很霸道，雖然他依舊是個跋扈的人，但她似乎不再那麼討厭他了。

至少，她在他心中贏過那些女生吧？

「喂！貴賓狗在發什麼呆？快跟上！」前方傳來他的聲音。

對，但她依然是隻狗。

祝恆：朵朵嗎？其實她長得算可愛，但我看著她的時候腦中只會出現一張狗臉。

03

撇掉祝恆的高傲不講，其實他是一個十項全能又很負責任的人。

第一次選班級幹部的時候，祝恆就以高票當選班長。幾天後，他向全班收班費，打算下課就馬上交去給老師。不過，那時班上的男生搶著要當他跟班，才一下課就自告奮勇說要幫他交去辦公室。

「張家豪你幹什麼？那麼多錢，交給你我不放心。」被女人纏住的祝恆在台上嚷嚷。

「阿恆你放心啦！我一定會送到老師手上的，而且你也在忙啊！」

「大爺我哪裡在——」

「祝恆大人，你脖子上的微刺青好帥喔！長得好像船錨。」花癡十號抓住他的手。

「啊？那不是刺青！是痣！」祝恆嫌惡地看她，「還有，給我放開妳的手。」

花癡二十號像藤蔓一樣纏上他另一隻手，「有什麼關係？別這麼小氣啦！」

「我叫妳放開是沒聽到嗎？」說完，他轉頭看向張家豪，卻發現對方已經拿著錢出發了，「靠！我有叫他幫忙嗎？那麼雞婆，敢掉錢我就給他好看。」

那節下課結束之後，張家豪回來了，說錢已經安全地送到班導手上，祝恆這才鬆一口氣。

不過，這事情還沒完。

幾天後，班導在國文課問他班費到底收齊了沒，祝恆這才驚覺不妙。

當下祝恆立刻以眼神詢問坐在左後方的張家豪，對方卻只回了他一個驚恐的表情。他臉色一沉，跟老師說會催大家繳班費。

「張家豪！你不是說已經送到老師手上了嗎？」下課後，祝恆惡聲惡氣地拷問。

「阿、阿……」

「啊什麼啊！我問你錢在哪？」

「阿恆，對、對不起！我交去辦公室的時候發現沒人在，就放在她桌上了……」

「你是白癡嗎！交錢當然要交到人手上啊！現在錢沒了，你要怎麼負責？」

「嗚，對、對不起！」張家豪眼淚都快掉出來了，班費雖然不多，但加起來也是一筆不小的數目。

那時候的祝恆看起來想咬人，但他還是把責任全都攬在自己身上，向老師坦承疏失。

姚朵覺得很納悶，這明明是擅自把錢拿走的張家豪的錯，祝恆幹嘛要說得好像全是自己的錯一樣？

後來，祝恆拿零用錢幫全班繳了班費，還被老師罰了勞動服務。別問為什麼，有錢就是任性。

不，他一點都不任性。

「祝恆……」

一見是她，祝恆深鎖的眉舒展開來，「喔，怎麼了？」

姚朵左看右看，確定周遭沒有其他人，連忙蹲在正在拔草的他旁邊。

「你為什麼不要說是張家豪弄丟的？」她問。

「啊？這件事是本大爺負責的，當然是我要承擔啊！」他唇角一揚，「幹嘛？妳不會連這點道理都不懂吧？」

「我知道，可是他沒經你同意就把錢拿去交了吧？」

祝恆手一伸，揉上她那顆毛茸茸的腦袋，「是，但也是我沒把那隻蠢豬看好，所以才會發生這種事。現在本大爺墊了錢，還罰了該死的勞服，一切事情就算落幕了。」

「可是……」不覺得委屈嗎？

彷彿看見她替他抱不平的那顆心，祝恆一時不說話。那雙鷹眼從容地看她，帶著幾分興味，「怎麼？難道妳在擔心本大爺嗎？」

「誰、誰擔心你了！」她立馬站起身，整個人炸毛。

「嘖，朵朵就當一隻乖一點的狗，安靜地在主人旁邊撒嬌就好，不需要擔心那麼多。」

「祝恆，我才不是你的狗。」

「知道了、知道了。」他根本沒在聽，卻笑得很開心。

他的笑容就像太陽，在她紅著臉那刻持續閃耀。她錯了，她完全不用替他擔心，因為這種小事傷不了他半分。

他不僅是光，還是一縷無畏的光。

後來，姚朵以為錢多多的他會這麼算了，但祝恆調遍了全校的監視器，甚至還一間一間教室去問，最後發現了班費消失的真相。

原來是張家豪交到別的老師桌上去了，那老師以為是自己班上收的錢，誰知道那個班根本就還沒收齊班費。雙方確認之後，那筆錢就回到了祝恆口袋。

姚朵為他的辦事能力感到崇拜。

「朵朵，這個月的飼料。」他丟了一個布丁給她。

不過，只有崇拜而已，她還是不喜歡把她當成狗的他。

祝恆：對，朵朵最可愛的地方大概就是那顆毛茸茸的頭，一看到就想用狗鍊把她拴起來。

04

縱然心裡不願意，但姚朵一直很聽祝恆的話。一來沒人敢欺負她，二來她也省得被他惡整，三來……

「我姐做的馬卡龍，給妳。」

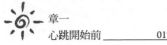

「哇！謝謝你！」姚朵像看見肉一樣撲了過去。

對，她每個月都能吃到甜菓子家的甜點。

望著她的吃相，祝恆戲謔笑笑，「朵朵，妳真的很像寵物。」

「才怪，一點都不像。」

「我說妳像就像。」

她抬眼瞪他，卻撞見他寵溺神色，害得她一時不知道把眼睛往哪裡擺。奇怪，他有用那麼溫柔的眼神看過她嗎？

發現姚朵臉有一點紅，祝恆愣了一下，也別過目光：「好了，本大爺要去收保護費了。」

「保護費？」他錢不是很多嗎？

他沒回答，笑著拿起自己的早餐盒，開始在班上繞圈。所到之處，學生全都上繳一小塊食物給他，像是一條熱狗、一塊蛋餅、一口豬排蛋土司、一匙鮪魚沙拉。姚朵坐在位子上看他搜刮戰利品，覺得他的胃真是一個名符其實的黑洞。

祝恆走到第一排，正要偷喝最後一個同學桌上的大冰奶時，教室門口傳來了輕盈的腳步聲。班導都穿著高跟鞋，所以這個聲音不會是她。已經早自習了，今天也沒有遲到的學生，那麼，這個腳步聲的主人會是……

他抬頭，往門口一看。

女孩的笑靨如花，一頭烏黑長髮流瀉至腰，身姿搖曳、氣質非凡，一時讓他看呆了眼。

「呵呵，你吃好多喔！」

「啊？」祝恆還沒回神。

她的聲音很甜，融化了祝恆如狼般的鐵石心腸，在那一刻刺進了姚朵的眼裡。

「你好，我叫徐偲穎，是這學期的轉學生。」她的目光似水，「你叫祝恆吧？轉學之前我打聽過了，聽說你是這個學校的老大。那麼，以後請多多指教喔！」

那一秒，姚朵彷彿看見祝恆周遭的空氣產生變化。一切，似乎都不一樣了。

而她，望進他眼中的世界，卻發現那個最特別的女孩不再是自己了。

自從徐偲穎轉學進來之後，班上的氣氛也變得不同。吵起來連宇宙都會爆炸的一年三班，在新任風紀徐偲穎的調教之下，個個乖得跟兔子一樣。她並不潑辣，卻擁有最甜美的聲音，總在午休的時候融化眾生的心。

「大家要安靜睡覺喔！」

「好……」男兒們如癡如醉。

「呵呵，你們真可愛。」她嫣然一笑。

「嘿嘿……」男兒們眼冒愛心。

嘿，嘿個頭啦！拿出你們的自尊好嗎？這群沒用的男人。

姚朵不高興地趴在外套裡，桌面都快被她的指甲割出非洲大峽谷。其實，她並不是討厭偲穎，那麼溫柔的人連她都很喜歡。只是，她看不慣那些男生的態度。

還有，那個人……

她往左前方一看，祝恆正從外套中露出一隻眼睛看偲穎。他的目光依舊銳利，卻多了一些多情。

不是說討厭女生嗎？看得那麼專注幹嘛？

姚朵把自己埋進外套中，微酸的泡沫卻一點一滴地飄向她整片心田。

「朵朵！」

放學後，她在門口轉身，卻沒看見祝恆的人。嗯？不對，剛才那個聲音是女生的。

偲穎笑著跑過來，「這是妳的鉛筆盒吧？忘了帶走喔。」

她一愣，「對喔！謝謝妳。」

「不客氣。對了，介意我叫妳朵朵嗎？」她偏頭一笑，「因為我看祝恆都這麼叫妳。」

「不、不介意啊！」但，幹嘛在她面前提起祝恆？

「太好了，我剛轉學過來都沒什麼朋友，希望能跟妳親近一點。」

沒朋友？哪會！明明就很多女生找她講話。大概是看中她是班花，覺得男生都會因為她靠過來吧？但姚朵一向不排斥交新朋友：「嗯！那我也叫妳偲穎，可以嗎？」

「可以啊！那，以後我們就是朋友了。」

「好！」

看，美人就是這麼吃香，連是女生的自己都忍不住融化。

偲穎笑了笑，說自己還有補習班要去，就先跟她道別了。不愧是偲穎，功課那麼好還去補習班。不像她，只有運動神經發達了點。

她再度往樓梯走，這回是那位大人叫住她。

「朵朵！」

「嗯？」

祝恆走到她身邊，還望了下女神的背影：「……她跟妳講什麼？」

「沒什麼啦！」奇怪，她心裡有點不舒服，「幫我撿鉛筆盒而已。」

「是喔……」

「她還說你都叫我朵朵，所以她也想那麼叫。」

祝恆眼睛一亮，「喔，是嗎？」

沒猜錯，他果然……

「祝恆。」

「幹嘛？」他還在看那個樓梯間。

「你是不是……」喜歡偲穎？

她望著他半天，卻一個字都說不出來。祝恆終於把目光轉到她臉上，看樣子也猜不透她想問什麼。

兩人互看了一會兒，最後，是姚朵先逃走了。

「沒事啦！我要回家了。」

祝恆一愣，「等等！」

她在陽光灑落他們之間的那一刻回頭，卻發現對方的王者氣息一滴不剩，有的只是那爬滿臉龐的炙熱，針似地刺進她眼眶。

他很耀眼。

「我好像有點喜歡徐偲穎。」他彎起薄唇，自信飽滿，「妳是本大爺的寵物，所以我第一個告訴妳。」

可是，卻不是為了她發光。

徐偲穎：祝恆？喔，我覺得他是一個很耀眼的人，就像王者一樣，注定要走在最前面。

05

「朵朵，妳的頭髮有染嗎？為什麼都不會被抓？」

體育課時，祝恆難得沒下去打球，只是坐在司令台那裡休息。他的目光悠遠，像是在思考什麼。

姚朵下意識想看自己的頭髮，卻一時抓不住被風吹得飄揚的紅褐色馬尾。

祝恆一把抓住她的馬尾，像是抓住一隻小貓那樣，「看，很明顯的咖啡紅，妳怎麼都不會有布丁頭？」

「……那不是染的啦。」

「不然？」

姚朵很少跟他講自己的事，因而有點難為情，「我的奶奶是愛爾蘭人，有混到一點血，我頭髮天生就是紅褐色，還有點自然捲。」

「喔！不錯啊。」

「咦？」

祝恆咧開一邊嘴角，「這種顏色不錯。」

是、是喔……別稱讚她啦，好奇怪。

「為什麼突然注意到頭髮的顏色？」姚朵別過目光，想著他是不是也注意到自己是個女生了。

「因為我有點想染頭髮。」

她看看他那頭黑亮的短髮，「……為什麼？」

「感覺會很帥。」說完，他笑得眼睛瞇了起來，「這樣比較好把妹。」

是在說偲穎吧？瞧他那豬哥樣。

哼！一定很醜。

「妳那什麼表情？像是在說『一定很醜』。」

「沒、沒有啊！一定很帥。」她隨便敷衍他。

「呵，妳也這麼覺得吧？」

姚朵聽見他自信的嗓音，才正想說點什麼，對方已經站起身。站在司令台上的他，看起來就像一個真正的領導者。而他的愛情，一定也會像他的人生一樣順利吧？

雖然他這人很臭屁，但偲穎……

一定會被他吸引的。

姚朵轉回目光，第一次，有了想反抗他的念頭。

「偲穎那麼受歡迎，你怎麼辦？」

聽她綿綿低語，他不屑：「受歡迎也沒辦法吧！她那麼正。放心，我會剷除所有靠近她的螻蟻。」

「要是她不喜歡你？」

「哈！這什麼笑話，這世界上有誰不喜歡本大爺？」

……她曾經就很討厭他。

「如果，她真的不願意跟你在一起呢？」

聽了，祝恆收回投射未來的目光，轉而望向現在。他直直注視她，彷彿要看進她徬徨的心。

「我說妳，」他蹲下，一把將她嬌小的身軀拽進臂膀，像摸寵物一樣搔她的頭髮，「擔心那麼多幹嘛？我不是說過了，寵物只要安靜地在主人旁邊支持他就好，不用想太多。」

他把她的馬尾都弄亂了，一如她的心緊緊揪著。

「可是……」

可是，這一次她不想支持他。

想是這麼想，但姚朵沒有勇氣阻止他。真要說反抗的話，大概是發生在國二上學期的時候。不是叛逆期，也不是受夠了他，而是因為那位神秘轉班生。

是，二年三班又有一位新同學了。他名叫白毓琮，瀏海長得遮住了眼，整個人瘦瘦小小的，像是好幾年沒吃飯。

聽說，他是因為被原本的班上排擠，所以才被訓導主任特地轉班過來。不過，姚朵覺得主任這麼做一點用也沒有，他們班並沒有特別親和，甚至還有點排外。

這兩年，白毓琮一定會很孤單。姚朵替他覺得難過。

但她沒想到的是，在發生那件事之後，她還寧願他孤單兩年，而不是像現在這樣……

「蛆蛆！你今天又沒洗澡了喔？好噁心！」

「好臭喔！快叫訓導主任把他趕回家啦！」

「喔，垃圾車來接你了！」

「靠，你聽不聽得懂人話啊？只會讀書的蛆蟲。」

謾罵聲環繞著白毓琮，但他連吭都不吭一聲，只是安靜地讀著自己的書。眾人見鬧他沒戲，紛紛搶走他桌上課本，還把他的鉛筆盒丟到地上踩。

姚朵坐在第一排，看著他被那些臭男生欺負，覺得心裡很難過。

「喂！蛆蟲！」

「我叫白毓琮。」他說話了，聲音卻很細。

「喔喔喔！會講話耶！」那男生笑得更樂，「怎麼？不高興嗎？去找我們偲穎哭哭啊，看她會不會理你。」

沒錯，白毓琮會從一個隱形人變成現在這樣，都是因為偲穎。他剛轉班進來的時候，班上在走廊排隊，準備要到樓下升旗。這時候，偲穎忽然大叫一聲，說是有人摸她屁股。

全班一轉頭，看見白毓琮就站在她身後。當時，白毓琮的表情很錯愕，那個樣子一點也不像兇手。其實，姚朵不認為生性低調的他會做這種事。

不過，偲穎也沒有看見是誰，她不想認定白毓琮是兇手，但班上男生都說是他。從那之後，班上的男生開始集體霸凌他，女生也幾乎都躲他躲得遠遠的，沒人肯伸出援手。

「喂，祝恆……」

「怎樣？」祝恆正在抄功課，完全沒去管後面發生的事。

「你要不要去管一下？他們太過分了。」

他瞥向她，思索幾秒才說：「幹嘛？那可不是本大爺教唆的。」

「我知道，但他們會聽你的話。」

「我不想管那麼多。」

「祝恆！」

「煩死了，要管妳自己去管。」他難得對她露出厭煩表情。

她眉頭一皺，整張臉都揪成一團。知道了，他一定是因為偲穎疑似被他性騷擾，所以才不肯出手幫忙。好啊！男生都這麼小心眼，那她自己去！

挾著一股怨氣，小不點姚朵就這麼衝到那群男生面前！

「喂！你們別太過分了！」她轟地炸出聲音。

那些男生被她嚇了一跳，「啊？姚朵，妳來幹嘛？」

「你們別這樣欺負同學！」

「欺負？哈！我們只是告訴他做人的道理，哪裡欺負他了？」

做人的道理？呸，他們連狗都不如，還想教他當人？

慘，好像罵到自己了。

「總之不要再這樣了！換作是你們，被欺負成這樣不難過嗎？」說完，她還看了他一眼。那雙眼睛藏在瀏海下，卻隱約透出陰沉的悲傷。

「笑死人了，我們可不會性騷擾同學喔！」

「我沒有性騷擾！」忽然，白毓琮氣憤一吼。

「全世界都看到是你，還不承認？」

姚朵更氣，「見鬼了，根本就沒有人看到！不要隨便亂栽贓！」

「朵朵說得對。」忽然，話題的主角走了過來。偲穎的臉色不好看，但還是站在姚朵這邊，「其實我根本沒有看到是誰，這我也跟你們說過了。」

「偲穎，妳太溫柔了！這種人根本就不用原諒他啊！」那些男生還在鬧。

「還有妳，姚朵，妳替他護航成這樣，該不會……」

另一個男生接下去說：「該不會，他也摸過妳，然後妳還樂在其中吧？」

姚朵傻眼，「什——」

「靠！你們說什麼鬼話啊？」

祝恆咆哮一聲，所有人都安靜了。他一步步走來，每靠近一點，那些男生的頭就更低一點。他的臉色很難看，銳眉之間全是怒氣。走到姚朵旁邊時，他狠狠瞪她一眼，但姚朵不知道哪來的勇氣，也硬著頭皮瞪了回去。

祝恆更不爽了。

「聽著，你們從今以後把白毓琮這小子當成隱形人，別給我在班上鬧。性不性騷擾也給我閉嘴，安安靜靜過完這兩年，聽到沒？」

「聽、聽到了！」

「給本大爺大聲一點！」

「聽到了！」

啐了一口，祝恆回身抓住姚朵的手臂，就這麼帶她離開教室。在走遠之前，姚朵回頭看了教室中的白毓琮一眼。

他一向陰鬱的目光，多了一抹歷劫重生的溫柔明亮。

白毓琮：朵朵啊……對我來說，她就像是這世界上唯一的光。

章二

誰在誰的心裡

01

後來，祝恆又把姚朵罵了一頓。說她安靜日子不過，偏偏要去淌渾水。姚朵當然生氣了，罵他袖手旁觀，簡直不配當老大。

這一罵，罵得讓那位大人臉色都沉了。

完了，她是不是最近伙食太好，都忘了那位大人是暴君。抖了抖肩，她默默移開目光，準備一步、又一步……

「朵朵。」

嗯？沒生氣？

「過來。」他勾手指。

幹什麼？以為她真會像隻狗一樣過去嗎？

「……什麼事？」對，她過去了。

「雖然很不爽，但我佩服妳的勇氣。」他一把又將她拽進懷裡，摸摸頭髮，「不過，妳給我記住，以後只要躲在本大爺後面就好，別自己一個人去外面亂闖亂叫。」

「誰——」

誰亂叫？咬你喔！汪！

「聽懂了就好。」他笑，一下子放開她。

姚朵連忙整理好自己亂掉的馬尾，一回神，對方又丟了一個布丁給她。

「給，這個月的飼料。」

「我才不吃飼料。」

下一秒，她打開包裝。

化學課的時候，姚朵被選為化學小老師，她站起來接受大家的歡呼，卻暗自在心裡覺得倒楣。嘖，誰都知道這工作很累，每次上課都要先去化學教室拿工具過來。

不過她也認了，至少有一個理由拒絕祝恆在這一節叫她跑腿。

「朵朵！」

她正要去化學教室拿下一節要用的量杯，「怎樣？我這節沒空啦！」

祝恆坐在位子上，眼睛上勾瞪她一眼，「我又沒要叫妳幹嘛。過來一下，妳寫這什麼字？」

喔，那是她幫他寫的化學作業。她跑過去，對方又抓住她馬尾。

「硫酸啊！」

「硫酸？見鬼了，妳覺得這種甲骨文老師會看得懂？」

什麼甲骨文！那是文字藝術師！嘖，不懂欣賞的山頂洞人。

「還有，這題明明在問純水的酸鹼度，妳寫什麼負一？跟鹽酸一樣是想胃穿孔嗎？」

「不都差不多。」

「差不多？大爺我下個月買鹽酸給妳喝好了。」

「喂！」

他邊笑邊替她改答案。雖然姚朵總是要幫祝恆寫作業，但對方也總是替她糾正錯誤，把每一題都改成正確答案，讓她每次作業都得高分。

好啦！她是有點感謝他，可是作業請自己寫好嗎？

「祝恆，你功課那麼好幹嘛還叫我幫你寫作業？」

那位大人翹腳，「開化一下妳那顆肉類腦袋。」

「啊？」

「妳的腦子裡只有食物啊！不是嗎？」

「才沒有！」

「給，這個月的飼料。」

她一個華麗飛躍，「哇！謝謝你！」

祝恆笑得上氣不接下氣，她狠狠瞪他一眼，夾著尾巴往化學教室奔去。

到了教室，姚朵在布滿灰塵的櫃子中翻找，就是找不到完整的量杯。奇怪，怎麼都這裡缺一角、那裡破一個洞的，就沒有新的可以用嗎？

她苦思，過敏的鼻子被弄得很不好受。下一秒，有人從背後伸出一隻手，把她頭頂正上方那個櫃子打開了。

她嚇一跳，轉頭撞見白毓琮的秀淨臉龐。

「喔！白毓琮？」

「……新的量杯都在那。」

「真的耶！」她發現那一箱新的量杯，「太高了，難怪我看不到。」

「要我幫妳拿嗎？」

「呃，不——」白毓琮也不高啊，拿得到嗎？

她多慮了，雖然他在男生中是不高，但看那樣子也起碼有一百六十公分。白毓琮身子瘦小，力氣卻不差，一下子就把那箱子抱下來放在桌上。

那瞬間，他略長的柔順髮絲擦過她臉龐，讓她忽地愣了一下。

「撞到妳了嗎？」他問，長長劉海中露出一隻眼睛。

「沒、沒有。」只是……

姚朵拿出了八個量杯，見他沒有離開的意思，索性說：「剛才，我覺得你很香。」

「啊？」白毓琮明顯愣住。

不！她說這什麼變態話？

「我的意思是，你根本不像那些蠢男生說的一樣。」她連忙解釋，卻愈說愈氣：「他們不都說你很臭嗎？哼，我看他們才是連心腸都發臭。」

「……」

見他沒說話，她擔心自己是不是踩到他傷處，「呃，我不是故意要提的。」

「姚朵。」他面色平靜。

「什麼事？」

「那天，謝謝妳。」

她搔搔頭，「這又沒什麼！那些人早就該罵了。」

「如果不是妳，我現在還陷在泥沼中。」

他的話語真摯透明，她連一點客氣話都捨不得拿出來應對。望著他那張素淨的臉，姚朵甜甜一笑，「嗯！不客氣。」

白毓琮的眸中浮爍一縷溫柔的光，印在她心上發亮。

「對了，以後叫我朵朵就好。」叫姚朵怪疏離的。

「嗯。」他低聲掩飾面上淡紅，「……朵朵。」

「嘿嘿！毓琮，我們回教室吧！」

他替她把八個量杯都抱在懷中，姚朵本來想拿，但毓琮堅持要幫她。她索性把手背在身後，第一次，有了被當作女生對待的小小確幸。

「謝謝你！我一個人真拿不了這麼多。」到了教室，姚朵開心地向他道謝。

「嗯，不客氣。」毓琮彎起一抹淡笑。

在那個午後，姚朵第一次近距離接觸這個人。才發現，原來他是一個很溫柔的人。雖然表情陰沉了些，但他的確是個好孩子。性騷擾什麼的，她才不信！

她在位子上坐下，用可愛的心情迎接一點也不可愛的化學課。

而祝恆，把這一切都看了進去。

「……嘖，這隻狗根本就一點也不柔弱，還叫別人幫什麼幫？」摔了下課本，祝恆撐住自己沉重的腦袋，眉宇緊緊揪成了一團。

祝恆：本大爺的狗還敢對別的男人搖尾巴，真是欠調教。

02

悠閒的時光，的確是過得特別快。就算是四肢發達、腦袋裝豆腐的姚朵，也到了該煩惱升學的年紀。

不，其實她一點也不煩惱。

「朵朵！妳怎麼連注音都會拼錯？」

「朵朵！九九乘法表竟然背不熟，妳幾歲了妳！」

「朵朵，妳是不是有病？」

「對，我有病！我全家都有病！」她瘋了。

祝恆頭很痛，把替她訂正的考卷丟到她頭上，「我看妳別考了，用體育成績直升高中比較快。」

「謝謝，我也是那麼打算的！」她把考卷揉成一團，丟到九霄雲外。

「唉，怎麼就不學學妳的好朋友偲穎？」

她臉一僵，莫名地不高興，「怎樣？我就是功課不好嘛！」

「不學她，至少也學學妳那個陰沉的跟屁蟲啊！」

白毓琮出現在他們背後，「……朵朵體育很厲害。」

「嚇！你是鬼啊？」祝恆嚇得踢了一下桌子。

「喂！你別亂罵人家！毓琮功課超好，每次都贏過你。」

「啊？妳這隻狗亂吠什麼！本大爺上次沒輸！」

「……明明就是同分，說得好像贏了一樣。」

是，自從毓琮轉班進來之後，祝恆再也沒第一名過，頂多和他齊名。為此，祝恆好幾次都想衝上去把他撕裂。

直到體育課時，白毓琮竟然把桌球當成羽毛球打，還把排球投到籃球框裡（沒進），祝恆這才稍稍平衡了些。

「哈！白毓琮就像弱雞一樣，根本比不上文武雙全的本大爺。」拿著一百公尺金牌和模擬考獎狀，祝恆得意地哈哈大笑。

「……」臉色陰沉的白毓琮折斷一支鉛筆。

姚朵汗顏，連忙把白毓琮帶開現場。

這學期，他們被分到同一個外掃區，兩個人的友情也因此更加緊密。午休了，姚朵看白毓琮還沒把他的區域掃完，連忙走過去幫忙。

「毓琮！這些垃圾我幫你倒。」

他阻止她，「不用，我來就好。」

「啊？這樣你來不及午休——」

「妳是女生，我認為這種事由男生來做比較好。」

她愣了，果然，毓琮把她當成一個不折不扣的女生。哪像某位大人，總是狗來狗去地叫她。

「好吧！有時候真拗不過你的堅持。」

「朵朵。」

「嗯？」

他目光閃爍，「妳要直升高中嗎？」

「是吧！以我的成績上不了什麼頂尖高中，剛好我們學校風評算不錯，用體育成績保送上去也是個選擇。」她覺得也沒什麼不好，「你呢？啊，一定是第一志願吧。」

「我不打算去。」

「咦？」好浪費！

毓琮不小心掉了掃把，匆匆撿起來之後，面容泛紅，「……我想在妳身邊。」

「我、我身邊？」她愣了愣，小心臟有點不受控。

「嗯，妳身邊。」

原來，毓琮擁有那麼堅定的眼神。他的髮總是擋住了他的眼睛，讓姚朵常常看不清楚他情緒。

但是，這一刻她接收到了他的認真。

她手一伸，佯裝從容，「毓琮，你的頭髮太長了，剪掉吧！」

毓琮卻抓住她替他撥開瀏海的手，力道不小。

「……毓琮？」

「朵朵，妳多少也把我當成男人吧。」

「咦？」她心跳漸亂。

「我跟祝恆不一樣，我把妳當成女生。」他說：「所以，別再看著他了。」

看著他？

看著他……

回到教室之後，大家已經在午休了。可是，祝恆還沒有睡。他埋在外套中，卻同樣露出一隻眼睛看偲穎。這學期偲穎依然是風紀，而連任班長的祝恆，也依然在這靜謐的時光中偷偷看她。

不同的是，偲穎走到他身邊了。她彎下腰來跟祝恆說了幾句悄悄話，對方聽了，溫柔地笑笑。

很美的畫面。

但是，姚朵全看在眼裡。

「毓琮，我好睏。」回頭，她甜美一笑。

「……嗯，午安。」

她累了，這種目光追逐著祝恆的日子。

討厭，要是她能是個人類就好了。

姚朵：嗯？我現在不想說話。隨便啦！反正，我只是一隻貴賓狗。

03

她從來沒問過祝恆高中想考哪裡，反正，他一定會跟偲穎讀同一所高中。偲穎的功課不差，在班上大概第四、第五名，配上第二名的祝恆，剛好比翼雙飛。是，她這隻狗只能在地上跑，連他們的車尾燈都追不上。

還好，白毓琮說要跟她一起直升高中。

這樣……真的好嗎？

她很清楚，自己一向把瘦弱的他當成弟弟。而祝恆，是遙不可及的太陽。

呸！幹嘛想起他？

「朵朵，妳心情是不是不好？」中午吃飯時，偲穎擔憂地問她。

「沒、沒有啦！」她搖頭，想著該怎麼轉移話題，「對了，偲穎，妳有沒有喜歡的人啊？」

這話題也轉得真尷尬，她想。

沒想到，偲穎白皙的臉一紅，「咦？怎、怎麼突然問……」

咦？難道有嗎？是祝恆？

「沒、沒有啦！」她跟她剛才一樣慌，「怎麼了？妳有嗎？」

「當然沒有！」她大吼。

全班都轉過來看她。

「呃……」姚朵低下頭，小聲說：「偲穎，我沒有喜歡的人。」大概吧。

「是嗎？」偲穎笑得很溫柔，「真可惜，被朵朵喜歡的人一定很幸福。」

「咦？」

「真的！妳是個坦率又體貼的好孩子，被妳喜歡的人很幸運喔。」

真、真是的，偲穎好像媽媽喔！

「才怪，妳喜歡的人才最幸福。」至少祝恆會很幸福。

她們不好意思地笑了笑，又把便當裡最不喜歡的菜交換，然後，笑得更開心。

後方，祝恆望著這樣的她們，不自覺地揚起柔和的笑。

「祝恆。」

他回頭看白毓琮，「……啊？」

「我希望你能更珍惜她一些。」

這傢伙沒頭沒腦地說什麼？祝恆皺眉：「珍惜？誰？」

「心裡有數。」說完，白毓琮就轉身走了。

「……」不能說點人話嗎？

他又望向那兩個女孩，一個可愛、一個美麗，卻都在他心中占有一席之地。奇怪，珍惜？他還不夠珍惜她嗎？

忽然，一個冒失鬼跑了過去，不小心撞到那兩人。姚朵驚叫一聲，發現養樂多灑了出來。偲穎連忙翻出手帕，卻沒顧及自己的裙子上也全是水漬。

「喂！走路不會看路啊？」祝恆大罵。

「對、對不起！」冒失鬼向她們道歉，女孩們說沒事之後才落荒而逃。

祝恆跑了過去，抓一包面紙就開始幫姚朵擦裙子。忙了一會兒，他才看向偲穎，對方已經用手帕處理好了。

「……喔！我沒看見妳也被潑到。」他目光不大自然。

「沒關係！我裙子乾了。」她溫柔笑笑。

而姚朵動都不敢動，或許是因為祝恆的動作很輕柔。她憋住氣息，望著他挨近的眉睫，心頭鑽過了無數悸動。

這一刻，她的心在喧鬧。

「好了，以後自己注意點，別坐在這麼外面。」他把用過的面紙都撿起來。

「嗯，謝謝……」為了掩飾害羞，姚朵扯開話題：「偲穎！妳都用手帕啊？好有氣質喔。」

「哪有？我對衛生紙過敏。」

「面紙也不行嗎？」

「一樣。」她笑笑，「倒是祝恆，我看你一直都用面紙，別人借你的衛生紙都不用，有什麼原因嗎？」

他愣一下，才說：「本大爺討厭衛生紙，觸感很糟。」

「腿黏黏的，我想去沖一下水。」姚朵站了起來，「偲穎，一起？」

「好。」

祝恆望著兩個女生離開的背影，有件事，怎麼想都想不透。奇怪，他到底珍惜的是誰？

祝恆：嚮往的生活？把偲穎娶回家，然後，養一隻狗——算了，總覺得那隻狗會不高興。

04

在吵吵鬧鬧的日子中，他們迎來了人生的第一次大考。姚朵一點也不緊張，反正她只是考好玩的。但偲穎就不同了，聽說她緊張得吃不下，睡也睡不好。姚朵知道她的目標是第一志願，會緊張也是當然。

他們一起站在考場外面等時間，偲穎的臉色愈來愈不好。

「偲穎，妳還好嗎？」姚朵擔心地問。

她抬起疲憊的笑，「嗯！沒問題的。」

祝恆今天倒是很安靜，姚朵覺得他可能也在緊張，所以就不說話鬧他了。她望向白毓琮，對方跟她一樣淡定，一副今天不是我場子的感覺。

「毓琮，我們還是去一下便利商店好了，別打擾他們看書。」她小聲地說。

毓琮同意了，兩人打了下招呼就離開。

一到超商，身為吃貨的姚朵買了關東煮，後來又鑽到鮮食那邊看布丁。她拿起來，看了看布丁的色澤，覺得還是甜菓子家的漂亮。

啊！甜菓子……

以後吃不到了吧？

她皺眉，拼命把淚意藏回心中。要笑，笑著送那兩人通往美好前程。
「朵朵，挑好了嗎？」
「嗯！」
他看她，忽然搶走她手中布丁，「……這個應該不難？」
「什麼？」
「以後，我試著做給妳吃吧。」
她一愣，而對方很認真：「別露出那種表情，我看了很心疼。」
真、真是的……毓琮說話其實很直接啊！
不過，她因他而笑，「不吃布丁也可以啦！所有的甜食我都喜歡。」
「那，做巧克力給妳吃？」
「好啊！可別做得太難吃喔！」她笑著開玩笑。
他審視她的笑，終於露出寬慰神情。手一伸，他摸了下她瀏海，姚朵不好意思地吐吐舌。
看看時間，似乎也該回去了。結帳後，姚朵拉著他手臂走出店門口，卻發現祝恆站在那裡看他們。
好像已經站在那裡很久了。
「咦，祝恆……」她忽然有一點緊張，「你不看書？」
祝恆瞥了她一眼，難得淡漠，「本大爺還需要看什麼書？走了，回去。」
「喔……」
她不多問，卻發現那位大人似乎也有心事。
第一天考完之後，偲穎的狀況還是沒有好轉，所有人都很替她擔心。這時候，祝恆應該要上去安慰她吧？追女生要這樣追啊！

咦，這麼一想，祝恆似乎沒跟偲穎告白過？雖然他的舉動很明顯，幾乎全班都知道這件事，但那位大人就是沒行動。

為什麼？難不成要等畢業那天？

「看妳的臉，又在想什麼蠢事？」祝恆倒是選擇跟她說話。

「那不重要啦！」她搖頭，「偲穎那麼難過，你還不去安慰她。」

「安慰有用嗎？她一臉寫著『我不想被打擾』。」

「最好是。」祝恆根本不懂少女心。

這天，大家早早就回去了，為了準備第二天的考試，他們得養好精神才是。雖然，姚朵已經在家裡翹腳看漫畫，完全無視這神聖的兩天。

看到一半，她抄起手機，忽然想發封訊息給大家。

她點開名叫「吵吵鬧鬧」的四人群組。別問她為什麼這四個人會在同個群組裡，原因不外乎是——祝恆說這樣比較好聯絡（約會）、偲穎說朵朵也要一起、白毓琮說我不會讓你們欺負朵朵，所以，群組誕生。

朵朵不是狗：大家明天加油！考完一起去慶祝。

意外的是，大家都在。

暴君：笨狗，都還沒考完就在想要吃什麼。

朵朵不是狗：哪有？我又沒說要去餐廳。

偲穎寶貝：朵朵，我家這邊開了一間壽喜燒吃到飽，聽說不錯，要去嗎？

朵朵不是狗：好啊啊啊啊啊！
暴君：根本豬。
朵朵不是狗：怎麼又變豬了？
暴君：所以妳承認妳是狗了？
朵朵不是狗：……
偲穎寶貝：哈哈！
毓琮：不要欺負朵朵。
暴君：誰欺負她？你這隻跟屁蟲，當天不要來。
毓琮：不可能。
偲穎寶貝：所以毓琮會來嗎？
毓琮：嗯。
暴君：靠！你幹嘛？
偲穎寶貝：別這樣啦！一起慶祝呀。
朵朵不是狗：對啊！小氣鬼！
暴君：又亂吠了妳，這個月不給妳飼料。
朵朵不是狗：……
毓琮：不要欺負朵朵。
偲穎寶貝：噗！
暴君：你是壞掉的音響嗎？一直跳針！

暴君：我說真的，你要是來了，本大爺一定沒胃口。
暴君：喂！啞巴啊你？
毓琮已離開群組。
朵朵不是狗：吼！他又退出了啦，每次都這樣！祝恆你不能少說一句嗎？
暴君：千本大爺屁事，玻璃心。

放下手機，姚朵笑了好久。

她望向窗外，朦朧夜色明明不是光，卻照進她略顯潤濕的眼眶。鳳凰花的季節，就快要到了。

能像現在這樣聚在一起的時間，還剩多少呢？

閉上眼，她把奪眶的淚水鎖進心裡，然後，為了這份情誼而堅強。

白毓琮：有那個人的空間我一秒也不想待。但是，為了朵朵，只好忍耐了。

05

最後，他們沒有去餐廳慶祝。

偲穎的胃痛得連筆都拿不穩，把試給考砸了。從門口走出來的時候，偲穎抱住姚朵，在那一刻落下眼淚。不愧是氣質美人，連哭都這麼梨花帶雨。

不過，姚朵知道她很傷心。

她也很傷心，替偲穎傷心。

兩個女生就這麼哭成一團，祝恆在一旁不知道該怎麼辦。毓琮一句話都沒講，只是給姚朵遞衛生紙，然後，問偲穎要不要幫她洗手帕。

這種時候，毓琮倒是很體貼。

「唉，別哭了，我們去唱歌！」祝恆抓住姚朵的手，連帶偲穎一起拉著走，「大爺我請客。」

「嗚嗚嗚……偶噗要唱歌……」姚朵大哭。

「說人話啦！」

「祝恆，我沒心情唱歌。」偲穎也哭。

「不唱一下歌要怎麼發洩爛心情？走！聽大爺我的就對了。」

「豬衡！偶就縮偶不要唱歌！」

「當狗當久了連話都不會說是不是？」

「不要欺負朵朵。」

「嗚……」

他真的拿這群人沒轍，只好把他們硬拖到附近的KTV。嘴上說不唱歌的兩個女生，到最後根本嗨慘了。正確來說，是一下嗨、一下哭，祝恆都替她們覺得精神分裂。

不過，偲穎的心情舒爽多了。

「毓琮！你都不唱歌，唱一首來聽聽。」偲穎玩開了，便拉著他的手臂說。

「我不會唱歌。」

「唱嘛！唱嘛！祝恆唱那種歌我們都聽了，你一定比他好。」

「笨狗！那叫搖滾好嗎？不懂別裝懂！」

「……好吧。」看在姚朵的份上。

後來，他們都後悔了。如果說祝恆唱搖滾，姚朵哼小曲，偲穎唱抒情，那毓琮就是……大悲咒。

唉，心情更差了。

晚上十點，他們走出ＫＴＶ。四個人走在街上，搖曳的燈光把影子拉得好長。三年了，時間過得這麼快。一眨眼，他們可能就會分離。

姚朵懷著心事，小小聲地問偲穎：「偲穎，妳有打算填哪裡的高中嗎？」

「不知道！考差了，應該只能直升吧。」

「直升？」她眼睛一亮，卻又發現自己這樣很糟糕，「啊，抱歉，我希望我們高中能在一起，但沒考慮到妳考差的心情。」

「沒關係，其實我本來就有想過要直升高中。」她笑笑，「現在沒得選了，就直升囉。」

「嗯！啊，那祝恆……」她一臉不確定地望向那位大人。

祝恆沒聽見她們說什麼，只是一直望著街邊景色。姚朵看他，默默猜測他是不是有什麼心事。

算了，她直接問偲穎：「偲穎，妳有聽祝恆說要讀哪裡嗎？」

「咦，他沒告訴妳嗎？」

他果然已經跟偲穎說了啊！到頭來，她只是一隻狗。

姚朵忍住傷心，笑著說：「沒耶！」

「喔，他要直升喔。」

咦？直升？

真、真的假的……

那一瞬間的喜悅將她包圍，但下一秒，她又重回谷底。

「是……」為了偲穎吧？

「我家到囉！今天謝謝你們。」她還沒來得及問，偲穎已經在她家門前停下。

朝他們揮揮手，偲穎便先行進屋了。

剩下三個人，感覺有點冷清。不過，姚朵不用花心思想話題，因為她的公車站牌到了。

「本大爺要等司機來載。朵朵，要順便載妳嗎？」

「不用，我站牌在這裡。」

毓琮出聲：「……那，我陪妳等。」

「不用啦！你們都先回家吧。」她想一個人冷靜。

兩個男生看她堅持，只好各自散了。姚朵坐在站牌旁邊，望了下手機，公車再五分鐘就會到。也好，這樣就不會被蚊子咬太久。

她的目光渙散，是真的有點累了。

「沒想到……」為了愛情，祝恆放棄了上第一志願的機會。

曾以為他不近女色，最後還是栽進了愛情裡。偲穎很美啊！又溫柔，沒有男生不喜歡她。

是她的話，祝恆交女朋友也無所謂。

是她的話……

她的眼眶一熱。

奇怪，為什麼不是她？

「……因為我只是一隻狗嘛！」她笑笑。

她往天空一看，很多顆星星閃亮著。可是，她的眼裡始終只有一顆太陽。

她的太陽……

「朵朵！」

她一愣，觸見祝恆在夜色中向她跑來。一步、一步，她一直以來都追著他跑，卻忘了他也有回頭的時候。

「呼，還好妳沒走。」他氣喘吁吁。

「怎、怎麼了？」

「本大爺忘了把這給妳。」

才正想問，祝恆已經把手伸向她。她僵直，忽地感到脖子上傳來一陣冰涼觸感。

回過神，她望向笑得燦爛的他。

「喔！我的眼光果然很好。」

「啊？」

「從今以後，這就是妳的項圈。」

她呆住，往自己的脖子一看——愛心形狀的項鍊。

「喂，先說清楚，我可沒有那個意思。」他開始解說：「選愛心圖案是因為，我覺得妳就像一隻小狗，不論什麼時候都汪啊汪地不停，心臟也一直不停地跳，很活潑。」

「為什麼給我這個？」她摸著項鍊，還有點不敢相信。

「畢業禮物啊！不過，以後又要同校三年了，看來本大爺甩不掉妳這隻狗啊！哈！」

「祝恆……」

「幹嘛？感動得要哭了？」

可惡！幹嘛對她那麼好？明明就是為了偲穎才選擇直升高中……

「話說，妳怎麼好像一點也不驚訝？難道偲穎告訴妳本大爺要直升了嗎？」

「說了。」

「嘖，本來要讓妳嚇一跳的。」

「又不是為了我準備的驚喜，幹嘛要讓我嚇一跳？」

他挑眉：「啊？妳什麼意思？」

姚朵抬頭看他，眼眶還有一點紅，「你不是為了考差的偲穎才決定直升嗎？」

「哈！這妳聽誰說的啊？」他大笑，「本大爺不是那種會為了感情選擇學校的人。」

「咦？」

「在她考差之前，我就已經決定了。」

「為、為什麼？」她完全不懂。

「哪有為什麼？本大爺到哪裡都會是最強的，不需要特別去哪個學校。」說完，他指向項鍊，「別說那個了，妳對妳的項圈有什麼想法？」

她呆了，臉色愈來愈紅，即使在夜中也快要遮掩不住，「很、很……」

他逼近她，「很？」

「……我很喜歡。」

似乎發現了她的羞澀，祝恆一瞬間也有點不自在。

「哼，喜歡就好。」

「偲穎也有吧？」

被這個問題一問，他愣住了。

「沒嗎？」她歪頭。

「說什麼蠢話？她的禮物我當然要精挑細選啊！哪、哪有這麼快就買好。」他別過頭，耳根在她的見證之下紅了。

姚朵傻傻看著他，忽然覺得……

「祝恆。」

「幹什——」

她衝上去抱住了他。祝恆一愣，感覺到懷中柔軟的溫度。原來，這傢伙也有這麼像女孩子的一面。是他一直忽略了。

「謝謝你，嗚嗚……」

「哭、哭什麼啦？」

「我好開心喔！嗚……」

夜色中，他的心跳誰也沒聽見。她在他臂膀哭泣，而他，默默地撫上她那顆毛茸茸的腦袋，溫柔地讓髮絲穿過他青澀指尖。

「開心就開心，別抱這麼緊啦！笨狗。」

徐偲穎：祝恆和朵朵？唔，像是主人和狗，卻又不像是主人和狗。某方面來說，朵朵或許才是主人吧。

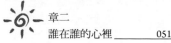

章三

我是女孩子

01

My dog：祝恆！起床了！
偲穎：咦，他還沒起床嗎？
My dog：他沒接我電話啊！好像睡過頭了。
偲穎：糟了，今天開學耶。
My dog：祝恆！
My dog：祝恆起床了啦！我知道你沒關網路！
My dog：祝恆啊啊啊啊啊啊！
跟屁蟲：別叫了。
偲穎：這樣好嗎？他不是要朵朵叫他起床？
跟屁蟲：自己起不來，怪誰？
My dog：祝恆！你再不起床我要咬你喔！
My dog：算了，我要出門了。
偲穎：我還在吹頭髮。不過，不叫醒他真的好嗎？
跟屁蟲：管他。
My dog：祝恆恆恆恆恆恆恆恆恆！

「靠！誰敢吵本大爺睡覺！」祝恆仰天咆哮，一把將響個不停的手機打飛。
搔搔頭，他不耐煩地望向牆上時鐘。

他崩潰：「幹！七點十五分！」

祝恆跳了起來，在五分鐘內把自己搞定，然後，站到全身鏡前。

「就算快遲到了，還是要看一下整體。」他左看右看，新制服的俐落感很適合他，「我真他媽帥。」

他打開快摔爛的手機，眉頭一皺。

偲穎：我到穿堂了，你們人呢？

跟屁蟲：我在看分班，朵？

My dog：……我在猶豫要不要繼續打電話。

神：白癡，妳不會邊跑邊打？

偲穎：祝恆你終於出現了！

My dog：謝天謝地，我要進學校了。

神：你們乖乖在門口給我等本大爺。

跟屁蟲已離開群組。

「不過是個跟屁蟲，囂張什麼啊？」祝恆怒。

不過，燦爛的高中生活終於開始了。

祝恆撥了下刻意染成深藍色的短髮，滿意地笑笑。沒髮禁了，看他祝恆怎麼成為學校中萬眾矚目的焦點！

喔，那隻狗會有什麼反應？他似乎有點期待。

司機放他下車後，他風光地踏進校園，才走沒幾步就盡收四周投來的驚奇目光。他嘴角一揚，在校門口附近搜尋那群傢伙的影子。

只有偲穎在那裡。

對方穿著高中制服，穠纖合度、青春無敵，那雙美腿一覽無疑。他是喜歡看，但這一刻的重點不是這個。

「喂！偲穎。」

「祝恆，你來了。」她轉頭笑笑，發現他一頭藍髮，「咦？你染了頭髮？」

「嗯，本大爺前幾天去染的。」

「呵呵！很適合你喔。」

「那是當然。」他毫不謙虛，「對了，妳有看到朵朵嗎？」

「還沒耶！她不是說要進學校了嗎？」

「這笨狗，又到哪裡瞎晃了……」

偲穎這時往他身後喊：「毓琮！我們在這裡！」

喔，跟屁蟲來了。祝恆轉頭，卻差點嚇出一身汗。那、那是跟屁蟲嗎？

曾遮去白毓琮大部分視線的瀏海，被他乾脆地剪到眉毛上方。除此之外，他也染了頭髮，一頭比他更顯眼的杏色。更騷包的是，他還戴了綠色的隱形眼鏡。靠！那真的是白毓琮嗎？

白毓琮安靜走到兩人面前，祝恆一愣，發現這小子長高不少，手臂似乎也練了點肌肉。

轉性了啊他？

「哇！毓琮你變得好帥喔。」偲穎先出聲：「也長高很多耶！你多高了？」

「現在一七四。」白毓琮冷冷淡淡地瞥了祝恆一眼。

「哈！還是比本大爺矮。」不過，這傢伙國中時不是才一百六？

「祝恆多高？」偲穎好奇。

「一七八，是男人就要超過一七五。」他鼻子一哼。

白毓琮折斷了學生名牌。

偲穎連忙拉開他，堆起溫柔笑意打圓場：「都比我高啦！我才一六八。」

「妳這樣在女人堆裡算很高了，不像那隻狗不到一百五。」

「……不要說朵朵壞話。」

「靠！你怎麼總是跳針個沒完？」

白毓琮袖口的鈕扣爆開。

「……」

他們在門口等了一下子，再不走似乎就會遲到。祝恆等得不耐煩，看了看白毓琮。

「喂，你不是說你看了分班？怎麼樣？」

「我跟朵朵同班。」他的語調天寒地凍。

祝恆不悅：「我呢？偲穎呢？」

「誰知道，那重要嗎？」

「喂！你這傢——」

「各位！不好意思久等了！」

遠方，姚朵略帶急促的聲音傳了過來。

祝恆還沒回頭，就不耐煩地喊她：「妳這笨狗動作實在是——」

「天啊！朵朵，妳好可愛喔。」偲穎驚喜。

可愛？祝恆抬眼一看，那瞬間比看見白毓琮的轉變還震驚。

總是綁著一束輕盈馬尾的她，把頭髮放下來了。微捲的紅褐色髮絲垂在胸前，掩去幾分原就小巧的臉蛋，看起來更加輕甜。她漾著笑，彎起來像月牙的大眼望住他們，眼中的雀躍彩繪了無敵青春。

祝恆呆了。怪了，真像女孩子。

姚朵風塵僕僕地衝到他們面前，爛漫吐舌：「對不起！我剛才要去找廁所，不小心迷路了。」

「迷路？這樣還可以迷路？妳的腦容量到底多小？」

姚朵望向他，才發現他的不一樣，「祝恆，你染頭髮喔？」

「看不出來本大爺今天特別帥嗎？」

「是很帥啦，不過……」她忽地轉向白毓琮，一雙眼睛唰地亮起來，「毓琮！你今天超帥的！花錢做了造型嗎？」

被她稱讚，他一向冰冷的臉竄上淡紅，「……嗯，好看嗎？」

「超好看！你一定會很受女生歡迎！」

「我不想受女生歡迎，妳喜歡就好。」

「哈哈！毓——」

「你們第一天上課就想遲到是嗎？走了！去禮堂！」

祝恆暴躁的聲音打斷他們，姚朵這才匆忙地跟上。後方，毓琮冷著一張臉。偲穎帶著滿滿笑意，走在三人旁邊。

是，他有點不爽，那隻狗竟然看跟屁蟲看得比他還久？嘖！有病，升上高中她還是很有病。

「祝恆！」

「幹什麼?」

「你幹嘛臭臉?好像踩到狗屎。」

「就叫妳別隨地大小便。」

「我才沒有!」

祝恆好不容易被她逗笑，看了她一眼，發現她藏在制服領口的光芒。

「……妳戴著項鍊?」

愛心項鍊折射著光，在她心上一閃一閃，「嗯!不行嗎?」

「本大爺有說不行嗎?狗就該隨時戴著項圈。」

「喂!」

不過，祝恆爽朗笑了，她的太陽在此刻像一陣風，把她心扉吹得狂亂。

慘，她果然又要暗戀他三年了。

姚朵:新造型?唔，偲穎一樣正，毓琮變得很有男人味，至於祝恆……跟、跟國中差不多帥啦。

02

高中生活沒有什麼變化，因為，這四個人又被分到同一班了。

姚朵覺得這簡直就是奇蹟，偲穎很高興可以跟好姐妹同班，但，祝恆不喜歡白毓琮又得黏著他的狗三年。當然，毓琮恨不得這世界上只剩下姚朵一人，其他人消失最好，尤其是祝恆。

一開學，偲穎果然又被封為班花，祝恆也很快就名揚學校。不同的是，活潑可愛的姚朵開始有人追求，一向陰沉的白毓琮居然還成了女生眼中的高冷王子。

祝恆覺得這世界太荒唐。

「我叫你別打我的狗主意，沒聽見嗎？」祝恆替她趕走了第三個追求者，惡聲惡氣地罵跑對方。

「喂！祝恆，你幹嘛對他那麼兇？」

「怎樣？這天下是我的，大爺我高興罵就罵。」

姚朵汗顏，「說得好像你是皇帝。」

祝恆哼一聲，「倒是妳，沒事別把裙子穿這麼短，一堆分不清人狗的男人都出籠了。」

「我本來就是人。」姚朵瞪他一眼，「還有，我裙子穿得跟正常人一樣長。你怎麼不罵那幾個女生？裙子都折三次了。」

祝恆敷衍地隨她看去，發現那幾個裙子穿得快比內褲短的女人圍住了白毓琮。嘖，這小子也變得這麼受歡迎了？

毓琮一臉不爽，但那些女人沒放過他，總算也嚐到了祝恆被狼女環伺的滋味。他才正想好好看戲，但他的小不點貴賓狗又衝了過去。

「嘿！妳們別煩他啦！毓琮不擅長拒絕人，但他其實很困擾。」

狼女看姚朵嬌小，一點也不怕，「是妳啊！妳跟毓琮很熟吧？」

「嗯，我們國中同班。」

「我們都知道啊！跟妳同班的不是還有祝恆大人和班花？」

祝、祝恆大人？這些人也這麼叫他啊。

「對！總之妳們就別煩他了，要是他改變主意，一定會主動找妳們說話。」大概吧。

「我不會。」毓琮很誠實。

狼女的臉一陣青一陣白，「毓琮，你幹嘛這麼怕生啦！」

「我不是怕生，我的世界只要有朵朵就夠了。」他，真的很誠實。

姚朵的臉一下子刷紅，那幾個女生更怒了。

「姚朵不是祝恆大人的寵物嗎？你還這麼黏她，難道你們在一起了？」

「一定是在一起了吧！」

站在後方的祝恆聽不下去，才正想上前罵跑她們，但偲穎從身後抓住了他的手。他一回頭，眼底印上她帶著不安的笑。

「……啊？」

「祝恆，我知道你關心朵朵，可是……」偲穎彎起嘴角，溫柔卻心疼，「太保護她的話，會擋住她的路。」

「妳在說什麼啊？」

她看向姚朵，「朵朵很可愛吧？上了高中之後。如果你還處處干涉她，要是她沒辦法談戀愛怎麼辦？」

「談戀愛？哈！本大爺的狗跟別人談什麼戀愛。」他刻意忽視心頭煩躁，下意識回：「而且，我那不是關心，只是不希望她跑出去亂闖亂叫。」

「祝恆……唉。」她輕輕嘆氣，但也說不了他什麼，「我不說了，你自己好好想想比較好喔。」

「本大爺還需要想什麼？」

「比如說，」這一刻，偲穎的眼中綴著要他領悟的柔光，「你是為了什麼踏出這一步？聽不下去那群女生那樣罵她，還是，容不得她跟別的男人在一起？」

什……偲穎這傢伙到底在說什麼啊？

他下意識握緊拳頭，心中的溫度正一點一滴流失。

下課後，祝恆走向坐在位子上發呆的姚朵，一把抓住她手臂就走。她被抓得有點疼，一邊喊痛一邊問他要做什麼。

「我問妳，」到了走廊，他靠在欄杆旁問：「妳想談戀愛嗎？」

什、什麼？她臉紅了，幾百隻小鹿撞著胸口。

「本大爺問妳就快回答啊！」

「為、為什麼要問這個？」姚朵別開目光，深怕被發現自己的心事。

「妳管我為什麼要問。」

「可是，你一時這樣問我我也回答不出來啊！」

「為什麼？」

奇怪，為什麼就是不了解她的心？

為什麼，他就是不知道她喜歡他？

姚朵咬住下唇，「我不知道，有一天……可能會吧。」

聽見她的答案，祝恆像被打了一巴掌，覺得非常不爽。他想罵，卻不知道有什麼立場可以罵。看了她半天，才不情願地放開她的手。

「在那之前，乖乖給我當好本大爺的狗。」說完，他轉身離開。

「祝、祝恆！」

「怎樣？」

「你為什麼不跟偲穎告白？」她總可以問回去吧！

他愣一下，不耐煩地說：「為什麼要告白？本大爺不是那種人。」

「難道你不想跟她在一起嗎？」

「朵朵，妳今天真的很囉嗦。」祝恆再次走回她身邊，把她抓進懷裡摸頭，「在一起又怎樣？不在一起又怎樣？時候到了就會在一起了。」

「……所以，會嗎？」

「嗯？」

她在他懷中抬起臉，那一刻，悲傷照進她斑斕眼眶。

「最後，會在一起嗎？你跟偲穎。」

「……」

望著她，他竟然無法回答。

祝恆：怪了，本大爺好像甩不開這隻狗。不只是在學校，連腦子裡都是。

03

祝恆換上了灰色隱眼，看起來比毓琮還要騷包。不過，他們四人從那一刻起，被全校封為顏值最高的小團體。

「靠！誰跟他小團體？朵朵是我的狗，偲穎是我女人，白毓琮那小子從哪裡混進來的？」

「……」白毓琮的手機殼裂了。

姚朵連忙把毓琮拉走，但這回他不依。

「幹什麼？想跟本大爺打架嗎？」那位大人還在加油添醋。

「喂，你少說一句啦！」

「妳少管我。」

「祝——」

偲穎走過來，「嘿！你們在聊什麼？」

看起來像在聊天嗎？姚朵汗顏。

不過，祝恆別過了目光，「……沒事。」

「咦？剛才好像很熱鬧啊！」

「大爺我說沒事就是沒事。」說完，祝恆又走出教室。

出、出現了！偲穎的格擋技。

姚朵這次追了出去，怕祝恆又蹺課。高中了，可不能再像國中那樣隨便。那位大人發現自己的狗跟出來，嘴角一揚，又是幾分得意。

「哼，妳這傢伙真的永遠都在我後面跑。」

「有這麼愛亂跑的主人，我能不擔心嗎？」

他一愣，笑得更狂，「喔！妳承認我是妳主人了嗎？」

「那是看在你給我甜點的份上。」

「這麼一說，我倒是忘了給妳另一個東西。」他注視她，忽然靠近。

「咦?」她心臟差點停。

「妳應該沒有近視吧?」

「沒有啊!怎麼了?」

他笑,從口袋拿出一盒東西,「這給妳。藍色的隱形眼鏡,沒有度數。」

「給我這個要做什麼?」

「本大爺覺得妳適合。」他不耐煩,「別囉嗦了,快點戴。」

「可是,我沒有戴過隱形眼鏡。」

祝恆看了她幾秒,抓住她手,「那,跟我過來。」

姚朵一頭霧水,直到他將她帶進廁所。咦?要幹嘛?不、不可以!

喔,她想多了,他們只是停在洗手台前。

祝恆洗了手,也叫她洗手。後來,他把隱眼的包裝打開,命令她戴上。

「我就說我不會嘛!」

「妳先試試用食指黏住它,睜大眼睛貼上去,碰到眼睛的時候不要馬上放開。」

她手忙腳亂,「啊?可是它一直黏著我的手!」

「保養液不要沾太多。」

「我不敢碰眼睛啦!」

「吼,妳以為眼睛是豆腐做的,一碰就會碎嗎?」他拿她沒辦法,「算了,本大爺幫妳。」

接下來,祝恆靠近她的臉,想幫她戴上隱眼。可只要那張俊秀的臉一靠近,她就不敢直視,頻頻閉上眼睛。靠近一次閉一次,屢試不爽。

「喂！妳一直閉眼是要怎麼戴？」

「對、對不起啦！我會緊張。」

「緊張什麼？本大爺又不是要親妳。」

聽了，她的小心臟可慌了，整張臉紅到可以煎牛排。祝恆也發現了，忽然覺得自己不該說這種話。是，他們最近的氛圍有點奇怪，讓他也失了從容應對的能力。

「哎，反正快點過來啦！早死早超生。」

什麼？那詞不是這樣用的吧！

雖然很害羞，但姚朵拼了命地生出勇氣，把眼睛睜著看他。祝恆終於幫她戴上隱眼，那一刻，他觸見眼中泛著藍光的她，神色忽然溫柔了。

「呵，本大爺眼光果然不錯。」

姚朵咬下唇，「你、你最近幹嘛一直找東西給我戴啦？」

「哪有為什麼？把妳當娃娃打扮啊。」

她一愣，心臟頻頻顫抖，快得不像是自己的。

「祝恆……」

「怎樣？」

「在你心中，我是不是像個女生了？」

——朵朵很可愛吧？

——你是為了什麼踏出這一步？聽不下去那群女生那樣罵她，還是，容不得她跟別的男人在一起？

偲穎的話像種子，一株株在他心田發芽。可是，他不願看它長大。

「姚朵。」他忽然冷漠。

姚朵狠狠一怔，不明白他的轉變。

「只不過是對妳好一點，妳別在那邊自己升級。對我來說，妳就是一隻貴賓狗，沒其他的了。」

丟下這句話，他把她落在那裡，卻帶走了她的心。

姚朵仰起頭，忍住不讓脆弱奔騰。

對，她是擅自把自己升級了。以後，再也不會了。她會永遠當他的寵物，所以，可以別離開她嗎？

姚朵望住他冷淡的背影，深深祈禱。

——所以，會嗎？

——最後，會在一起嗎？你跟偲穎。

他的確無法回答那個問題，就連現在也是。

因為他不想承擔失去。

徐偲穎：承認喜歡一個人，真的很難。不管是她對你，還是你對她，又或者是她對他。

04

「朵朵！」

白毓琮靠近坐在樓梯間的她，心疼地看她背影呈現一身孤清。

姚朵呆了一下，才慢慢回頭：「喔！毓琮，你不掃地嗎？」

「掃完了，妳呢？」

他看她手中拿著掃把，卻沒把堆積的灰塵掃進畚箕。沉默幾秒，他上前拿走她的掃把，一言不發地替她完成工作。

「毓琮！我來就好了啦。」

「妳根本沒在掃。」

也、也是。姚朵垂下肩膀，站在旁邊看他把灰塵倒進垃圾袋。

「……謝謝你喔。」

「心情不好？」

「也、也不算……」

他一針見血，「妳跟祝恆吵架了吧？」

聽見他的名字，猶如那一天的傷心又回來了。他冷冷地告訴她，她只是一隻貴賓狗。其他的，什麼也不是。

她早就知道這件事，卻還是傷心。

「這幾天你們都不找對方，全世界都知道出了問題。」

有那麼明顯嗎？

「偲穎也很擔心，她一直問祝恆，但那傢伙什麼也沒說。」毓琮坐了下來，一雙綠瞳擔憂地盯著她，「朵朵，發生什麼事了？」

發生什麼事？嚴格來說，他們也不算吵架，只不過是祝恆打碎了她的自以為是。所以，她也不知道要怎麼和好。

說出來，毓琮只會叫她別理他吧？

毓琮看著她，正要說話，但後方有人打斷他們：

「姚朵！今天妳要抬廚餘喔。」

她回頭，「喔！好。」

「我跟妳一起去吧。」不等她反應，毓琮逕自離開她身邊。

她搔搔頭，想起毓琮為她擔心的模樣，覺得自己應該打起精神才對。走進教室，她刻意揚起笑，和毓琮一起把裝滿廚餘的便當盒抬起來。走出去時，毓琮卻推開了她的手，變成自己一個人抬。

「嘿！今天我才是值日生。」

「沒關係，我抬就好，妳在旁邊跟著。」

姚朵一向說不過他，「好吧！你真的很貼心。」

毓琮瞥她一眼，面上露出淡淡的笑。

教室中，祝恆翹腳坐在位子上，一言不發地看著漫畫。看了幾秒，他煩躁地按住額頭，聲音低得連自己都快要聽不見：

「哼！這笨狗，看起來好像還是很高興嘛。」

姚朵跟白毓琮走在路上，迎面而來的人寥寥無幾。她是掃得有點晚了，這麼晚才把廚餘抬出來。看來，等一下可能會遇到校巡。

「嗯。」

「毓琮，我們走快點吧？怕被登記。」到時候風紀會生氣。

姚朵後知後覺，「啊！我忘了是你在抬，你可以吧？」

「很輕啊！」

「呵呵，你雖然一點也不壯，但力氣很大耶！我從以前就這麼覺得。」

毓琮看她，似乎有幾分不高興，「……現在還是很瘦弱？」

她知道他想成為強壯的男生，連忙說：「沒有啦！你的手臂多了很多肌肉，開學那天我也嚇了一跳喔。」

「妳感覺不出來我是為了什麼改變嗎？」

姚朵一愣，直覺他將說出令人難以招架的話。她搔搔頭，轉身走下樓梯，什麼話也沒說。

「……我是為了妳。」

她斂下眸子，沒回頭。

毓琮走在她身後，真摯的言語卻趕上了她腳步，「朵朵，我想保護妳。還有，妳叫我把頭髮剪掉，我也剪了。雖然我並不想跟隨所謂的潮流，但為了妳，我還是試著把自己打扮得像人。這樣，才能站在妳身邊。」

她終於回頭：「為什麼要說成這樣？你又不差，長得也很帥啊。」

「可是，無論我變成什麼樣子，妳還是看著那傢伙不是嗎？」

姚朵咬住下唇，那一天感覺到的悲傷竟從毓琮的眼中浮現。

「毓琮，你太誠實了……」她低聲笑笑，「這種話連我也講不出來啊。」

「妳就是不講，所以才沒辦法結束。」

「怎麼講？你又不是不知道他喜歡偲穎。」

毓琮皺了下眉，像有什麼話要說。但出於私心，他還是選擇隱瞞。

「別說了，趕快抬下去放吧！我好想睡覺。」

「……嗯。」

成功躲過校巡之後，他們很快就回到教室。不過，姚朵覺得脖子空空的，像是少了什麼東西。

她恍恍惚惚走向座位，直到坐下前一刻，才發現是她的項鍊不見了！

祝恆送給她的禮物。

她很慌，連忙衝出教室！毓琮看到了，問她要去哪裡。

「我、我去找東西！」丟下這句話，她就扔下了他。

她沿著走過的路找，卻始終沒看到項鍊。她急躁地抓了抓頭髮，就是想不透東西會落在哪裡。

教室門口？沒有。

走廊？沒看見。

廚餘場？也沒有。

樓梯？看過了……嗯？

「啊！我的掃地區域！」

靈光一閃，她快馬加鞭地衝向她的外掃區，果然，她在樓梯間的轉彎處看見了泛著金屬光澤的愛心項鍊。

揚起笑，她衝下樓梯，卻不小心踩空——

「哇啊！」

一個臂彎接住了她。她的胸口一緊，心臟不受控地跳，轉過頭，是毓琮抱住了差點摔下去的她。

可是，他的眼中全是悲傷。

「……那傢伙，就真的那麼好嗎？」

她愣著，排山倒海的痛苦淹沒了她：「……我有什麼辦法？」
他深深看她，而她眼眶紅了，淚水掉個不停。
「他說我只是一隻狗，我有什麼辦法嘛……」
他們都沒有辦法。深陷愛情的人，都拿自己的深情沒有辦法。

白毓琮：我也想成為妳唯一的光，但，妳眼中的太陽總是那麼閃亮，我照不到妳心裡。

05

祝恆站在那裡看他們。
他看了不久，卻撞見她落淚的瞬間。
——他說我只是一隻狗，我有什麼辦法嘛……
他握緊雙拳，想衝上去，卻動彈不得。
怪了，他的心有點痛。
看了看，他本來想離開，但姚朵一抬頭就撞見他。四目相接，祝恆的心猛然跳了一下。
然後，他注意到她膝蓋破皮。
「喂！妳在搞什麼啊？」看到她受傷，他還是忍不住了，上前把白毓琮推開。然後，蹲著看她的傷。
姚朵呆了，語無倫次，「我、我摔倒……啊！是差一點摔倒。」
「那怎麼還受傷？」
「可能擦到階梯了。」

他凜眉，「走。」

「咦？」

祝恆像抱小動物一樣，一眨眼就把她整個人抱起來，「本大爺帶妳去擦藥。」

走了幾步，他瞥了一眼白毓琮。意外的是，這次對方沒有阻止他。

這樣正好，省得眼睛痛。

「啊！我還沒拿東西！」姚朵在他懷裡掙扎。

「別給我亂動！妳要拿什麼？」

她臉泛微紅，「你、你送的……」

他一看，白毓琮已經撿起來給他。皺了下眉，他接過項鍊，把懷中人兒抱了就走。

到了保健室，護士阿姨幫姚朵擦了碘酒，很快就又走進去休息。祝恆看了阿姨的背影一眼，啐一口，逕自替她包起紗布。

「祝恆……」

「怎樣？」他頭也沒抬，專注在她的膝蓋上。

「只是小擦傷，用不著包紗布啦。」而且，他根本沒必要把她扛過來。

「本大爺就是看不慣這麼醜的傷口暴露在外面。」

「……」

「喂！妳是跑出去找項鍊嗎？」

她一呆，「嗯，是啊……」

「白癡，下課再找不就好了，還用跑的，想摔死嗎？」

「如果不見的話怎麼辦？」

她無心的深情之語，讓祝恆忍不住捏她的臉，像是為了要掩飾心情，「不過只是個項圈。」

但是，很重要啊！為什麼你就是不懂？

姚朵覺得，就算她跟他告白，祝恆那傢伙八成也聽不懂。

算了啦！無腦暴君。她氣極，正要站起來，又被那位大人壓了下來。

「朵朵，妳還想鬧脾氣到什麼時候？」

「我才沒有鬧脾氣！」哇，他居然覺得這陣子是她在鬧脾氣？

「那妳幹嘛躲著本大爺？」

「誰躲——」

「幹嘛跟白毓琮那小子在樓梯抱來抱去？幹嘛抬個廚餘還要愛相隨？難道妳真的答應他了嗎？」他卻連珠炮，炸得姚朵整個人呆了呆。

啊？他是在……吃醋？

「什麼答應他？」

「他不是喜歡妳嗎？別以為本大爺看不出來。」

靠！那他怎麼看不出來姚朵喜歡祝恆？她簡直要氣炸。

「那又怎樣！不關你的事！」說完，姚朵不管他在身後叫囂，逕自衝出保健室。

她很氣，氣他自以為是世界的神，卻連這一點心意都不知道。是啦！她是什麼都沒說，但毓琮都看出來了，為什麼祝恆沒有感覺？

「看不出來也罷。」她喃喃自語。

這樣，就不會被拒絕了。

但是，這樣就不會傷心嗎？

她回頭，觸見祝恆又一步步朝她走來。面露氣憤，卻很心疼。

「朵朵！」

「……嗯？」

「不要了嗎？妳的項圈。」他伸手，看起來欲言又止。

她低眸，「要啊。」

祝恆靠近姚朵，撩起她披肩的髮絲，替她戴上項鍊。他的動作那麼溫柔，害她忍不住濕了眼眶。

怎麼可能不傷心？

她光是看見他，就令她無比傷心。

「妳的扣環沒扣緊，所以才會掉。」他邊戴邊說：「我買這個是防水的，妳就別拿下來了吧！免得又不會戴。」

退開，他看著姚朵的臉，忍不住上揚嘴角：「哭什麼啊？跟本大爺吵架那麼難過嗎？」

她不回答，一直哭。

「真是。」

祝恆抱住了她。姚朵在他懷中眨眼，還有點難以置信。他很常抱她，但都是在玩寵物。

這一次，她覺得自己被當成了女孩子。

「幹嘛啦……」她鼻音很重。

「妳以為本大爺很想抱妳嗎？還不是看妳哭那麼醜，想幫妳擋一下。」

「不用啦！在你心中我本來就很醜。」

「說什麼鬼話？要是覺得妳醜，我會買這項鍊給妳嗎？我會直接拿錢給妳去整形！」

姚朵忍不住笑，「你很過分。」

「是，我很過分，所以別氣了行嗎？」

「咦？」

祝恆的聲音忽然軟弱，還帶著幾分赧意，「唉，本大爺錯了，不該說妳只是隻貴賓狗。這樣，可以了嗎？」

咦？咦？咦？

彗星撞地球？凱蒂貓長嘴巴？白毓琮愛上祝恆？

不對！祝恆居然說他錯了？

她想看他表情，但祝恆一個用力把她緊緊扣在懷中。

「看什麼？不准看！本大爺說話妳只要乖乖說是就行，懂嗎？」

「是、是……哈哈哈哈！」

走廊上，陽光灑落卻鑽不進他們之間。她靠他那麼近，卻看不見他從脖子紅到耳根的罕見風景。

祝恆：臉紅？誰臉紅了！那是天氣太熱！叫我照鏡子？你才該看看自己長得有多好笑！

章四

抓住妳

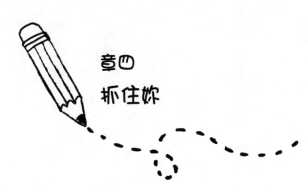

01

朵朵：奇怪，毓琮怎麼還沒來？
徐偲穎：嗯，真的很怪，沒聽說他要請假。
朵朵：我打個電話給他好了！
不重要：打什麼打？別忘了妳在上課，還敢用手機。
朵朵：你也不是一樣。
不重要：大爺我是在查字典，群組吵個不停，沒辦法。
不重要：還有，別理那隻跟屁蟲了，時候到了就會出現。
朵朵：不管，我要出去打電話。
徐偲穎：朵朵，老師在看妳。

白毓琮睜開眼，忽然覺得頭很痛。他按上額頭，花了好大力氣才翻身。拿起身旁手機，他恍惚的視線逐漸清晰。

朵朵：呼，還好混過去了，我先跟老師說要去上廁所。
不重要：老師只會叫妳下課再尿。
白：朵朵，不用打給我。
不重要：看！我就說時候到了就會出現。
朵朵：毓琮！你怎麼還沒來？今天有數學小考耶！
徐偲穎：下一節就要考了，你會來嗎？

白：嗯，我馬上起床。

不重要：哈！我看是尿床了，正在洗床單。

您已離開群組。

「這傢伙真的很惹人厭。」白毓琮喃喃自語。

刷完牙，他看見桌上放了一張一千塊，默默地把它收進錢包。爸媽果然又急著出門工作，完全沒發現那時間還沒上學的他很奇怪。

從小就是這樣。他爸媽是工作狂，很少關心他。

所以，姚朵那一天的捍衛，是他生命中照進的第一道光。

打開抽屜，他看見一盒感冒成藥，還是全新的，就像這個家一樣總是原封不動。看了眼牆上時鐘，他覺得自己會趕不上小考，最後還是沒把藥吃下。

反正，看見她就會痊癒。

第二節英文課結束時，白毓琮到了學校。姚朵靠近他，一雙大眼擔心地眨了眨。

「毓琮，你還好嗎？臉色有點糟。」

「沒事，頭有點暈而已。」

姚朵伸手摸他額頭，害他一時縮緊了心，「哪有？很燙耶！你有沒有吃藥？」

「我沒問題。」

「不行啦！我幫你跟老師請假。」

「朵朵，不用擔心我。」他搖頭，「快上課了，考完再說。」

姚朵扁著嘴，看起來很擔心，但她還是妥協：「好吧！真的不舒服要說喔。」

「嗯。」

坐回位子上，這學期位子換到她後方的祝恆戳了下她頭。她摀住後腦勺，有點不高興地回頭瞪他。

「喂！瞪什麼啊？真是對本大爺愈來愈沒禮貌。」

「你才是！叫我不能拍肩膀嗎？」

「妳長這麼矮，本大爺能看見妳就不錯了。」

「……」

「喂，跟屁蟲是怎麼了？這麼晚來。」

姚朵瞥他一眼，「我剛才摸他額頭，好像發燒了。」

「那還考什麼試？」

「他堅持要考啊！我也勸不動。」

祝恆環抱手臂，看起來很不屑，「該不會是怕缺了一次成績，這學期會輸給本大爺吧？哈！就算他考了，我還是會贏他。」

「……你在搞笑嗎。」

祝恆又彈了一下她頭，上課鐘聲在這時響起。姚朵瞪他，才乖乖轉回去考試。

一下課，姚朵立刻望向白毓琮，卻發現對方趴在桌上動也不動。她一驚，連忙衝了過去。

「毓琮！毓琮！」

「嗯？」

她摸他頭，發現比剛才燙得厲害，「你發燒了！」

「嗯，好像是……」

「不是好像！是真的發燒了！」她抓住他手臂，「我帶你去保健室，那邊有退燒藥可以吃。」

白毓琮也不再推拒，搖搖晃晃地跟著姚朵起身。她回頭，望向正好往這裡看的祝恆。

「祝恆！幫我跟老師說一下。」

「知道啦！麻煩死了，這弱雞。」

白毓琮在桌上刮出三條海溝。

姚朵連忙推他出去，「走、走啦！別理他。」

到了保健室，姚朵要他先躺在床上，便手忙腳亂地替他倒水、拿藥，看他把藥吃下去之後，才在床旁邊的椅子上坐著。

「這又沒什麼。」她笑咪咪，「倒是你，好好休息吧！以後發燒就直接請假，不要來上課了，知道嗎？」

毓琮看著她，溫柔說：「朵朵，謝謝妳。」

「……妳說話愈來愈像祝恆了。」

「有、有嗎？」她不知怎地臉一紅。

看她的樣子，他的目光黯淡下來，「嗯。朵朵，我想先休息了。」

「喔！那我先回教室了。」她站起來，似乎又想到什麼事，從口袋中拿出一包面紙，「對了，這給你，要是流鼻涕就麻煩了。」

「妳隨身帶著？」

「嗯！某人不喜歡衛生紙，又常常找我借，我只好帶著。」說完，她偏著頭，「啊！說到這個，我想起了一件事。」

「什麼事？」

但姚朵神秘地笑笑，似乎把這件事當成一個珍藏回憶，「沒什麼啦！我只是想到國中的時候我也在保健室給過一個人面紙，現在想想，我還真貼心。」

「妳很貼心啊。」他微笑。

看他溫柔的臉龐，姚朵的心跳得有點快。偲穎跟毓琮都說她貼心，就只有祝恆沒發現。

哼！管他。

她向他道別，很快地離開保健室。

白毓琮在床上躺了很久，睡睡醒醒，醒醒睡睡。聽到第二個下課鐘聲時，他的燒似乎退了很多。他翻身，望向枕頭旁邊的那包面紙，不自覺將指尖放上去。

她的溫柔，似乎還沒退燒。

臉上勾起笑，他再度閉上眼。不過，下一秒就被一個粗魯的聲音打斷。

「喂！你怎麼樣了？」

是祝恆。

他不打算睜開眼睛看那個髒東西。

「本大爺知道你醒了，別給我裝死。」祝恆一屁股在椅子坐下。

白毓琮豎起耳朵，好像只有他一個人來。

「你以為我沒看見你動耳朵？喂，快睜開眼睛，本大爺不是要來找你吵架的。」

他終於睜眼看他，「……幹什麼？」

祝恆的鼻子哼了一聲，把手上的溫牛奶丟到床上。

「這是？」白毓琮抓住那瓶牛奶，手上傳來溫熱感。

「發燒的時候，本大爺都會喝點溫牛奶，這樣比較快好。」

「你給我這個？」

「不然？你沒眼睛看嗎？」

毓琮皺眉，「我的意思是，你專程來給我這個？」

「怎樣？要不是那隻狗一直在我耳朵旁邊嚷，你死了我也不會來看你。嘖，給本大爺快點好起來，不然朵朵又要煩我了。」說完，他掉頭就走。

「祝恆！」

「又怎樣？」

「……我認為，你別一直叫她狗比較好。」

「什麼？」祝恆挑眉，「你管我怎麼叫她？」

「你明明就很珍惜她，別把偲穎當藉口。」

他一愣，心中的結全數揪在一起。他望向白毓琮那張臉，那張有一點不甘心，卻還是心疼姚朵的臉。

他握緊拳頭，像是在阻止陌生的情緒。

「本大爺的事不用你說嘴。」

說完，他正要離開，卻無意中看見白毓琮枕頭旁那包面紙。他又愣了，思索幾秒，才若無其事地走出保健室。

祝恆：本大爺不喜歡白毓琮這個人，他陰沉、小心眼，又愛當跟屁蟲。還有，很愛說一些自以為懂的話。

02

「朵朵！妳的考卷怎麼可以錯成這樣？」

改考卷時，祝恆一巴掌把那張數學測驗貼在姚朵後腦勺。她吃痛，抓下那張考卷，一回頭就把白眼翻到冥王星。

「這句話你從國中說到現在說不膩嗎？」

「本大爺怎麼知道妳腦袋從國中到高中都沒有長進？」

「有好不好！我跑步的秒速快了一秒，一分鐘內投進的球也多了兩顆！」

祝恆哼了下鼻子，「嘖，妳這傢伙什麼都長歪，就小腦最發達。」

「謝謝你喔。」她轉回頭，「你自己才歪。」

「哪裡歪？妳給我說清楚哪裡歪！」

「就很歪啦！」

「什——」

周遭的女性生物紛紛看了祝恆一眼，還露出曖昧笑容。

他破口大罵：「靠！看哪裡啊！一群狼女。」

姚朵笑個不停，下一秒就被他抓進懷裡搓頭。忽然，他望向黑板，幾行用粉筆寫的字印在上面，讓他一瞬間想起年度盛事。

「喂！這一次運動會妳不參加短跑嗎？」

姚朵慢了點才知道他在說什麼，「不參加，我已經參加女籃三對三了，好累。」

「還真稀奇，記得從國中開始，每次運動會都是妳參加女生一百公尺，本大爺參加男生一百公尺。」

是、是沒錯啦！這種另類的配對，讓她莫名心跳加速。只要在他身邊，她的心總是喧鬧不停。

「妳真的不參加？」

「我都跑大隊第一棒了，很累耶！」

「妳以前不也是這樣。」

「嗯，可是……」她望著日漸茁壯的小腿肌，為了裙子著想，還是少跑點步好了。這傢伙不懂少女的煩惱，跟他說了也沒用。

祝恆當然不懂，只覺得她是太懶惰。

「姚朵！外找。」忽然有人叫她。

「喔！」她站起來，還覺得有點奇怪，這個學校除了原班以外她沒認識幾個人。

走出教室，她看見一個精瘦的背影正在等她。咦，好像有點熟悉……

「嘿，姚朵！」他背後彷彿長了眼睛，一瞬間回頭看她。

濃眉大眼、燦爛笑容、總是穿著球衣……喔！是籃球隊長！

不對，隊長找她幹嘛？他們根本沒講過話。

「聽說妳是五班的三對三女籃代表？妳對籃球有興趣了嗎？」

「呃……」她一直都有在打，只是沒參過賽。

「抱歉，我應該先自我介紹。」他似乎覺得自己唐突，笑呵呵地搔頭，「我是十班的葉宇泓，專門打籃球的，呵呵！就是籃球隊長。我很早就知道妳，妳每次一百公尺都第一名吧？這次我沒在名單看到妳，有點好奇，才發現妳跑去報女籃。」

「對，我這次選籃球……」所以？

葉宇泓看起來很認真，「我很高興妳終於對籃球有興趣了。妳運動神經那麼好，要不要來男籃當球經？也可以跟男生們切磋一下，絕對比在女籃更快進步喔。」

「球經？」那不是打雜的嗎？她不自覺後退一步，眼角餘光瞥見左後方的祝恆，用殺人的眼光看她。

「喔！不了不了，我這麼矮，在男籃打球也很沒意思啦！」沒了命之後更沒意思了。

「有什麼關係！女生就是小隻才可愛啊。」他靠近她一步。

等等，這跟可不可愛才沒關係吧！到底是在選女友還是球經啊？

「真、真的不用啦！我乖乖打女籃就好了。而且我參加運動會而已，沒有加入校隊打算。」

沒想到，對方思索了一下，燦爛的笑忽然變得很神秘，「看來傳聞是真的。」

「什麼傳聞？」

「妳不只是祝恆的寵物，還很在意他的想法耶！」

她愣一下，原來他已經發現祝恆在不遠處用眼神警告她。

「好啦！妳不參加真的很可惜，我也不會勉強妳，不過……」他低下頭，用很輕的聲音告訴她：「要是太聽他的話，妳的桃花會跑光光喔。」

「什——」

「就這樣啦！再見。」他恢復陽光笑容，揮了下手就走了。

姚朵在原地呆了呆，下一秒又被一巴掌拍醒。

「喂！妳看傻了啊？看什麼看！」

姚朵摀住頭，「很痛耶！你可不可以對我溫柔一點。」

「對妳這樣就很夠了。」他白眼，一把抓住她手臂，「說，那娘砲在妳耳邊囉嗦什麼？」

娘砲？性別歧視耶他！

——要是太聽他的話，妳的桃花會跑光光喔。

她想起這句話，這下子叛逆起來了。「祝恆，不是每件事我都要告訴你吧？」

「妳有什麼事情是不能告訴本大爺的？」

我喜歡你啊！她瞪他，說不出的委屈在眼眶中打轉。

祝恆愣一下，「不說就不說，幹嘛露出這種被欺負的表情？」

但她不理他了，在這個月伙食還夠的情況下發揚光大她的小叛逆。

不過，或許祝恆真的是神吧！運動會這天她被雷公劈了。

事情是發生在女籃三對三要開始的前二十分鐘。照理說，整理好場地之後就要把比賽用籃球準備好，為了避免發生各種意外導致球消失，工作人員都會直接搬一箱過來。

不過，負責搬球的那位倒楣同學掛彩了。據說是被天外飛來的排球打到，眼鏡直接破了。

姚朵在樹蔭下看她的慘狀，忍不住抖了抖肩。

「喂！小不點。」

姚朵左顧右盼，嗯？在叫她？

「就是妳！換妳去把球搬來，一箱不重，妳可以的。」

不對吧！怎麼不叫那些長腿妹去？她這麼小隻！

長腿妹頂著一臉濃妝看她，而她看了看大叔教練的偏心嘴臉。

好吧，她認了，反正每個進教室的老師從來都不肯自己搬桌子。

姚朵往器材室衝去，穿過操場的時候，正在暖身的祝恆看見了她的蹦跳身影。他本來只是看看，但下一秒又撞見那個據說是籃球隊長的死娘砲跟了上去。

他眉頭一皺，發現案情不單純。

姚朵：桃花？別說笑，我這種女生不是男生的菜。十幾個追求者？有嗎？我只看過三個，都在見過祝恆之後莫名消失了。

03

「器材室都沒人整理嗎？東西堆成這樣我怎麼搬啊！」

姚朵才剛打開器材室的門，就被零星掉出來的幾顆排球砸中腳踝。她鐵著臉把排球丟回箱子中，艱辛地鑽了進去。

或許大叔沒錯，她這麼小隻才方便行動。要是那幾個長腿妹進來拿，就像踩進泥沼一樣寸步難行。

「說是這麼說，但我進去之後好像也出不來了。」她望著飄滿灰塵的黑洞。

「那我幫妳吧！」背後傳來聲音。

姚朵嚇了跳，跟進來的人竟是葉宇泓。他走到她身邊，開始幫忙移開箱子。

「咦？你不是要打男籃三對三？」

「男生已經比完了喔！」

「是嗎……」

「嗯，本來想去女籃那裡幫妳加油，但那些女的說妳被教練抓去搬球了。」他笑笑，「他也真是，妳這麼小隻是要搬什麼球。」

「對啊！不該叫我的。」看他替她抱不平，她也激動附和。

「呵呵，妳表情很多耶！真可愛。」

嚇！情聖攻勢。她連忙扯開話題：「比賽呢？你們打得怎樣？」

「嘿嘿！三連霸。」

「哇，真厲害。」

他轉身，狀似不經意地抓起她一綹髮，在她閃開之前又放開，「妳也可以。」

「……剩下十五分鐘，我們趕快搬出來吧。」姚朵連看都不看他一眼，逕自往器材室裡面走。

「呵，妳還真專情。」

「啊？」她伸高了手，正要拿箱子，卻聽見這句話。

「很少有女生不喜歡我，妳是其中一個。」

「……」這人有病？

「看來，妳真的很喜歡祝恆喔？」

她瞪大眼，一口氣差點上不來。

「我有說錯嗎？」

「你跟我講這個做什麼？」她納悶。

「提醒妳。」他笑咪咪，「其實妳很多人追喔！不知道嗎？」

「我？沒吧！」

「有，都被祝恆擋掉了。」

啊？這事情祝恆怎沒告訴她？姚朵皺眉：「你確定嗎？」

「嗯，我認識的幾個學弟都被他警告過。」說完，葉宇泓走上前，「雖然他的確沒人敢惹，但這樣斬妳桃花也很過分吧？是不是？」

「過、過分是還好啦……」反正她除了他之外也看不見其他男生。

「看，他明明只把妳當成狗，妳還替他說話。」

這句話像一根刺，刺得她內心發疼。見她受傷，他變本加厲地靠近她，「要不要乾脆放棄？妳很可愛，遠離他之後一定有很多男生追喔！」

「我……」她根本就沒有打算前進啊。

他趁她不注意搭上她肩，「別擔心，要是沒有人追妳，我也對妳很有興趣。」

「喂，你——」

「放開你那隻髒手。」

兩人一愣，才回頭，眼前便罩下一個高大陰影。祝恆推開葉宇泓，轉身將姚朵藏在身後。他的表情很不爽，像是下一秒就會揮拳打過去。

葉宇泓忍不住笑：「呵，你這主人好稱職。」

「啊？」

「護狗護成這樣，真不知道誰才是主人。」

「說什——」

葉宇泓打斷他的話：「算了算了，先走啦！我下次再來。」

祝恆想砍那個欠揍背影，卻被姚朵拉住了。

「祝恆！算了啦，我快要比賽了，會來不及。」

他回頭，臉色沉悶，「妳到底有多笨？進來就該把門鎖了，還趁機讓那種變態進來。」

「我又不是故意的。」

「嘖，本大爺幫妳搬。」說完，他叫姚朵退後，自己把那箱籃球搬了下來。

一轉身，他不小心撞到鐵架，那一秒，堆在旁邊的啦啦隊地墊像骨牌一樣全部塌下！

他拋下箱子，上前抱住姚朵。

「哇啊啊——」

軟墊是不重，不過，數量很多。

他們被困在所謂的「黃金三角」中，動彈不得。

姚朵迷糊地睜開眼，祝恆護住她的胸膛近在眼前。她臉一紅，下意識往上看。

「出去之後，大爺我一定要宰了那些掃器材室的人。」他往四周看，「東西都亂堆，沒被砸死才奇怪。」

「嗯……」

「喂！妳有沒有事？有沒有哪裡被砸到？」

「沒有。」

「嘖，還好妳小隻。」他摸了摸自己的頭，「本大爺倒是頭有點暈。」

「你被砸到了嗎？」她很緊張。

「額頭而已，小事。」

「我看看啦！」她伸手摸他頭，祝恆一愣，有幾分不自在。

「就說沒事了，妳管好妳自己。」他抓住她的手，不讓她亂摸。

這麼近的距離，她也害羞了，連忙扯開話題：「啊！你怎麼會來？」

「還不是看見那娘砲跟在妳後面，我才丟下短跑過來了。」

「啊？那比賽怎麼辦？」

「沒關係，有後補。」他看她，「妳自己也是吧！不是有三對三？」

「對，但也有後補……」她偷瞄他一眼，「祝恆，你有聽見我們說什麼嗎？」

──看來，妳真的很喜歡祝恆喔？

祝恆一愣，好幾秒才煩躁地回：「本大爺什麼都沒聽到，只有看到他性騷擾妳。」

「喔！那就好。」

他看她，而她才發現自己說了奇怪的話。一陣緋紅爬上她臉頰，她別開目光，語無倫次地說：「我、我的意思是，也沒說什麼重要的事。」

怪了，那種話題不重要嗎？祝恆皺眉看她。

她還在繼續：「真的啦！只是隨便聊聊而已，他只說、只說……有人要追我？啊！不是──」

「追什麼追？沒本大爺的同意，妳不准談戀愛。」

她傻眼，「啊？不、不是啦！這應該是誤會，我真的沒……」

那張嘴，真是喋喋不休。

有夠煩。

祝恆放開她的手，把她逼到坍塌的軟墊上，吻住她停不下來的嘴。她腦袋一空，所有思緒都飛到外太空去。

他的吻就像他的人一樣霸道，沒給她任何閃避的機會，直到他主動退開，她才找回自己的意識。

「什、什麼……」

「妳什麼臉？一副被人硬來的樣子。」

硬來？她的臉咻一下爆紅。

祝恆看著她，鷹似的灰瞳眨也沒眨，像是在欣賞她的表情，又像是在思考自己的心情。好一會兒，他才低聲說：「……初吻？」

「咦？」她的功能還沒恢復。

「本大爺問妳是不是初吻。」

「那、那當然啊！」她從國中開始就一直喜歡他耶！

「喔！」他揚起嘴角，看得她小鹿撞死幾百隻。

這時，不遠處傳來喧囂聲，似乎有人發現器材室的慘況，準備要進來解救他們了。姚朵的腦袋還是很空，完全不知道該把視線放在哪裡。祝恆看她魂不守舍的樣子，心情甚好地笑了笑。

「喂。」

「……嗯？」

「我也是。」

啊？也是？也是什麼？

他斂下狂妄的眼，低聲說：「初吻。」

祝恆：這隻狗的嘴唇比想像中軟嘛。嗯？大爺我才沒幻想過。

04

「把考卷向後傳！」
姚朵的肩抖了一下，遲遲不願把英文考卷往後傳。
看她不傳，老師在台上問：「姚朵，妳還沒寫完嗎？」
「寫、寫完了！」
「那就往後傳啊。」
好、好啦……
她抓住考卷，正在思考怎麼回頭比較好。一抬眼，老師又凌厲看她，她只好閉著眼把考卷傳到後面。
「喂！妳手那麼短，本大爺怎麼拿得到？」祝恆的聲音傳來。
那個聲音，令她的心臟緊緊縮了一下。
「拿過來一點！」他又說。
「喔……」她只好把手往後伸。
祝恆啪地一聲搶走考卷，卻不小心碰到她的指尖。她把手縮回來，心兒怦怦跳。
這一節，姚朵完全沒心思上課。正確來說，這幾天她都沒心思。
祝恆為什麼要親她？
為什麼？喜歡她嗎？

不對！他喜歡偲穎啊！

她左思右想，想得腦袋瓜都快爆炸了，還是沒想出他偷襲她的原因。

下課時，祝恆拍了下她的頭。她又是一驚，不敢回頭。

覺得煩了，祝恆直接拉她椅背，讓她整顆頭往上仰，恰好撞見那雙銳利灰瞳。

「本大爺叫妳，沒聽見嗎？」

「知道啦……」要幹嘛？還有，他為什麼還是那麼從容？

「今天的地理作業在哪？妳還沒給我。」

「喔！」她都忘了。她從書包中翻出作業本，低頭遞給他。

雖然看不慣她那畏縮樣子，但他也沒說什麼，搶過本子就開始改答案。姚朵轉了回去，坐在位子上發呆。她不知道該不該問他，但她知道自己沒勇氣。

她嘆了第一百個氣之後，偲穎過來找她。

「朵朵，陪我去廁所。」

「好啊！」

「喂！朵朵。」祝恆叫住她。

她抖了一下，「啊？」

「妳今天錯字率怎麼這麼高？腦袋到底都裝了什麼啊？」他邊唸邊改。

裝了你啦！白癡！

她火大，抓了偲穎的手就走。

上完廁所後，她們靠在走廊聊天。偲穎告訴她，自己最近要去上補習班了。他們已經高二，是時候認真點了。

「哇！妳好認真喔。」姚朵笑了笑，「我都還不知道有沒有大學可以唸。」

「怎麼會沒有？體院很適合妳啊。」

「我怕連那個都考不上。」

偲穎溫柔反駁，「不會啦！妳從國中到現在累積那麼多面金牌，推甄很有利。」

「那妳呢？妳想讀什麼？」

「可能是……」想了想，她似乎改了答案，「應該，還是考第一志願。」

「妳的目標真遠大。」

「還好啦！不過，不知道祝恆跟毓琮要讀哪。」

對喔！雖然他們同班這麼多年，但時間一眨眼就會消逝。會不會，某天就突然面臨離別？

望著她略顯傷感的神色，偲穎笑著說：「朵朵，妳跟祝恆怎麼了？」

「咦？」她怔住。

「這幾天妳一直躲他，發生什麼事了？應該不是吵架吧？」

「沒、沒什麼事啦！」

「真的嗎？」

怪了，偲穎正在笑，但有點恐怖。

「真的……」她說謊了。

「呵呵，不說也沒關係。」偲穎轉過身，把手臂靠在欄杆上，「不過，別躲著他太久比較好喔。」

「為什麼？」

「因為，祝恆是那種妳一不理他就會化身成怪獸撲過來的類型啊！」

撲、撲過來？

「會一口把妳的肉啃下來喔！」偲穎笑咪咪。

別、別用這麼溫柔的表情說啊！

回到教室，她不想回到那個令她煎熬的位子，只好走過去找毓琮。一靠近他，她發現他的桌上有一本很厚的原文書，不知道在寫什麼。她連中文的都快要看不懂了，自然拿原文書沒輒。

毓琮發現她接近，光速把書收進書包。

嗯？在躲什麼？

「毓琮，那是什麼書？」

「喔！沒事，隨便看看。」他的目光飄移。毓琮是個不擅長說謊的孩子，所以姚朵也不忍心揭穿他。可能，是升學方面的書吧？

「唉，最近的考試好多，真羨慕你們都可以輕鬆應對。」

毓琮看她，「我才羨慕妳體育全能。」

「那有什麼用？只能讀體院吧。」

「體院……」他喝了一口水，陷入思考。

「怎麼了？」

「朵朵，妳確定要讀體院嗎？」

姚朵笑著搖頭，「當然還沒決定啊！我們才高二。」

「嗯，好。」毓琮默默地收緊手，塑膠水瓶在他手中慢慢變形，「……我得加油才行。」

姚朵連忙拿走歪七扭八的瓶子，「毓琮！你該不會在打體院的主意吧？那個真的不適合你啊！」

「可是……」

「你聽我說，那真的不——」

「朵朵！」祝恆走過來了。

她大驚，「啊？」

「陪本大爺去福利社。」

「咦？可是快上課了。」

「我說走就走，囉嗦那麼多。」

白毓琮手中的瓶蓋凹成兩半。

姚朵回頭看他，安撫地說：「我、我去一下就回來上課，你把瓶蓋放下！」

「快走啦！」祝恆拉著她往外走。

白毓琮：身邊的用品？嗯，我都用拋棄式的比較多，因為我很常弄壞東西。

05

「喔，這些看起來都不錯。」

福利社中，祝恆掃視那一整排甜點，還在考慮要買哪個。姚朵跟在他後面，難得完全沒把目光放在食物上。

他回頭瞪她：「喂！怎麼換本大爺在看了？妳快選啊！」

「啊？」

「啊什麼啊？我又不吃甜的，妳快選。」

「好、好啦！」她瞥過去，隨便指了一個提拉米蘇。

「哼，女人就是喜歡吃這些。」

女人？哇，她在他心中直接從狗升級成女人了嗎？

她還沾沾自喜，祝恆已經幫她把蛋糕結了帳。走出福利社，他伸手把袋子給她，姚朵高興地接下。

錯了，他沒給她。

姚朵看他把袋子舉高，一臉高傲，「想吃的話，先回答我問題。」

啊？他真以為她是狗嗎？

「什麼問題？」對，她是狗，汪汪。

「幹嘛又躲著本大爺？我對妳不好？」

砰！她的臉又刷紅。這傢伙，難道把親她的事全忘了嗎？

「喔，還是……」祝恆靠近她，一下子把她困在牆壁上，「妳在害羞？」

「什、什麼？」

周遭的人紅著臉看他們，但祝恆一點也不介意。

「裝傻啊！我問妳是不是害羞？」

「我才沒有……」

「那妳的臉為什麼這麼紅？」

她覺得自己快死了，「祝恆！你不要一直捉弄我啦！」

「呵，還知道求饒啊。」
下一秒，他咚地一聲把掌心貼在牆壁上，震得她睜大雙眼。他目光從容，笑容卻很狂妄。
「聽著，要是妳再這麼心神不寧，我絕對會重演一次那天的事，親得妳連話都說不出來。」
啊？這是人說得出來的話嗎！
她崩潰：「你變態啊！」
「我變態？妳知道妳看起來很爽嗎？」
誰爽了！誰爽了啊！
姚朵用力把他推開，再也受不了地逃亡去了。
他悠閒地看她炸毛的背影，「嘖，這隻狗真是……」
真是可愛。
後來，姚朵不再躲著祝恆了。不過，總是用看變態的眼神看他。祝恆也懶得糾正，只要那隻狗別隨便掙脫主人的牽繩就好。
日子依舊和平，直到白毓琮終於受不了。
「……你到底對朵朵做了什麼事？」
祝恆正在抄功課，頭也沒抬，「說什麼啊你？」
「朵朵看你的眼神很奇怪。」
「哈！我怎麼知道她那麼奇怪。」
「祝恆……」
剛上完廁所的姚朵一看情況不妙，連忙走過來阻止，「毓琮！你怎麼了？」

毓琮臉色陰沉，「我正在幫妳問清楚。」

「問什麼？」

「問他到底做了什麼，讓妳連他的眼睛都不敢看。」

喂！別亂問啊！這話讓她好想消失。

看姚朵出現，祝恆放下了筆，高傲地撐住下巴看他們，「喔？你可以直接問她啊。」

毓琮望向姚朵，而姚朵閃避他的眼神。

「她不敢說，一定是你做了什麼過分的事。」毓琮一掌按上他桌子，發出可怕的刮痕聲。

「喂！別動本大爺的東西。」祝恆撥開他的手，「白毓琮，你確定你想知道嗎？我怕你心靈受創喔。」

「別說了啦！祝恆！」姚朵阻止他。

祝恆瞥她一眼，卻是跟白毓琮說話，「總是守護她會比較好過嗎？你不如問問她究竟在想什麼吧。」

「什麼？」連她都聽不懂。

輕輕一笑，他摸了下她頭，「我是說，現在妳不該一直讓他黏著妳了吧？」

白毓琮一愣，在撞見姚朵徬徨目光時，發現他的心逐漸迎向晦暗。

「嘿！你們在聊什麼啊？」偲穎溫柔的聲音闖入他們之間。

祝恆叫住她，「偲穎，我英文有個問題要跟妳討論，跟我來一下。」

「嗯，好啊！」

姚朵見她跟祝恆離開，心中冒出微酸泡沫。一旦有了羈絆，感覺比起以前會更加強烈。她跟祝恆之間是有些不同了，有些事，似乎應該要釐清了。

或許，正在等待的人不是自己。

徐偲穎：格擋技？嘿嘿！我不知道你在說什麼喔。

章五

太溫柔

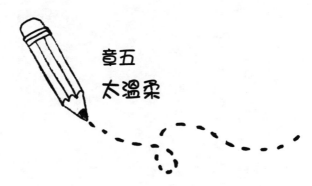

01

姚朵一直在想，如果她那一天沒替白毓琮說話，那他的人生會是什麼樣子。
就算還是被欺負，但，他一定會毫不猶豫地朝第一志願邁進吧。
而不是像現在這樣，待在不會回應他的自己身邊。
更可怕的是，他似乎有意願要跟著她去體院。
「那個，毓琮……」
「嗯？」
「那動作不是這樣跳，你看錯人了。」
見他像跳芭蕾一樣轉了一個圈，姚朵忍不住笑。這節是體操課，毓琮通常跟不上老師的動作，都會看前面那位同學怎麼跳，就跟著學。不過，那個女生只是在跟朋友玩而已。
「喔……」
看他有點失落，姚朵跳了一次給他看。他們在學的是健康操，下學期要比賽的，可也不算太難。
毓琮的目光一閃一閃，像看見喜歡的玩具，「妳跳得好好看。」
「有嗎？」她搔搔頭，對他笑：「你也試一次看看！」
「……這樣嗎？」
他又跳了一次，活像復健。
「呃，你別動，我幫你調一下。」她走上前，把他在半空中亂晃的手臂拉直，然後，還扶了一下他歪掉的腰。

後退一步，毓琮的臉有點紅。

「姚朵！」

咦？祝恆這樣叫她，她又闖了什麼禍？

一眨眼，祝恆把小隻馬姚朵整個人扛上肩，讓她兩隻腳在空中驚恐地晃了晃。

「喂！幹什麼！放我下來啊！」她雖然運動很好，但還是有點懼高症的。沒辦法，她跟上面的空氣不熟。

他邊走邊罵：「妳才在幹什麼？跳個舞摸來摸去，以為本大爺沒在看嗎？」

「我才沒有摸！我只是幫他糾正姿勢！」

「什麼姿勢？妳給我說清楚什麼姿勢！」

「喂！你管很多耶！」

聽了，他又更怒：「本大爺為什麼不能管？妳才給我安靜點！」

她欲哭無淚，「快點放我下來啦……運動褲很短耶。」

見姚朵有可能會曝光，祝恆才心不甘情不願地讓她重回地面。一對到眼，他就惡聲惡氣地說：

「擔心什麼？要是有人看到，本大爺就戳瞎他那雙眼。」

「……」可以和平一點嗎？

祝恆最近的狂暴指數頻頻上升，害她覺得此地不宜多待，很快就又跑回毓琮身邊了。祝恆又不爽，正想把她抓回來，偲穎笑呵呵的聲音在他耳邊響起。

「祝恆，你最近很常吃醋喔？」

「吃什麼醋？」祝恆臉一紅，「本大爺是在教她做女人的道理！摸來摸去，成何體統。」

「你才……」你才最常摸她吧。

但偲穎不說了，放任小倆口培養感情。

回到毓琮身邊，姚朵看他跳舞的動作似乎進步了，還開心地稱讚他。但對方的表情不怎麼好看，好一會兒才默默抱怨。

「那傢伙真的很吵。」

說祝恆嗎？她訕笑：「別這樣啦！我知道你不喜歡他，不過啊，他那個人一開始的確很討人厭，但相處之後……」

「相處之後？」

「還是很討人厭。」

「……」

姚朵也很汗顏，「抱歉，我本來想幫他說話，但好像只能這麼說。」

「即使如此，妳還是很喜歡他。」

「唔，所以……」他突然的言語，使她斂下眸。

「所以，在他表態之前，我還是會守護妳。」

「咦？」

毓琮望向她，目光清淡，「妳跟他發生了什麼事吧？他看起來很不一樣，也常常吃醋。所以，我會陪妳一起等。」

「等、等什麼？」

「等他。」

等他嗎？可是，她都還不確定到底是誰在等。

祝恆真的喜歡她嗎？如果是，那又在等什麼？

「毓琮，我覺得你……」

她覺得他不用浪費時間在她身上。這話要怎麼講，才比較不傷人？

「我知道妳要說什麼，可是，這好像是我從出生以來唯一可以用自己意志決定的事。」

「什麼意思？」

「一直以來，我都很聽爸媽的話，主要是希望他們可以多關心我。甚至，我還會猜他們想要我變成什麼樣子，努力地去揣摩。」他垂下手臂，目光像是在回憶過去，「雖然事與願違，他們沒有因此更關心我，不過，我還是會用這種方式讓自己像個被爸媽用心管教的小孩。」

他很少一次說那麼多話，不過，姚朵從他的言語中聽見了寂寞。

「可是，待在妳身邊，是我自己選擇的，並不是想要討好誰，也不是想維持什麼假象。」他很認真，看得她心跳加快，「這是由我的意志決定的事。朵朵，就算妳喜歡的人是那傢伙，我還是想待在妳身邊。既然你們還沒有在一起，就請妳別趕我走，好嗎？」

「說什麼趕你走，這種話太超過了啦……」她的眼眶有點痠，「我才不會趕你走，不過，也希望你不要受傷。」

他輕輕一笑，「喜歡上一個人的時候，就注定比一般人更容易受傷。不過，也更容易因為那個人的笑容而痊癒，不是嗎？」

聽了，她下意識望向祝恆。那位大人在跟偲穎說話，自信的樣子讓她眉頭一皺，忍住了想衝上去分開兩人的念頭。

下一秒，祝恆似乎知道她在看他，轉過頭對她燦爛揚笑。

「是不是本大爺太帥了，讓妳忍不住一直偷看？」他大聲喊過來。

「我、我才沒在看你！」周遭的人都在看她，她不甘示弱。

不過，的確。

她常常為了他的不經意而傷心，也總因為他的笑容而痊癒。

這就是愛情，脆弱，卻堅強。

祝恆：對，只有本大爺可以摸。白毓琮？你搞笑啊！我說的是朵朵！

02

毓琮也表態了，所以，問題出在誰那裡？

姚朵邊收書包邊思考，連祝恆已經站在她桌子前面也沒發現。她還在發呆，祝恆看了不高興，咚地一下又敲她頭。

「啊！」她大叫。

「在想什麼啊妳？放學了知道嗎？」

「知道啦。」說完，她又反應過來，「不要一直敲我頭！會變笨！」

「都那麼笨了有差嗎？」他不以為然，將她的書包扛在肩上就走。

「喂！我的書包！」

四個人走出教室，準備走下階梯。祝恆通常都有司機來載，而她跟毓琮都是等公車，但站牌不一樣，只有偲穎是搭捷運回家。基本上，他們一出校門口就會分別。

不過，今天祝恆的司機沒來，姚朵正覺得奇怪，還擔心遲到的司機會不會被暴君解雇。

「朵朵，跟本大爺去一個地方。」他抓住她今天為了體育課特地綁的馬尾，掉頭就走。

「喂、喂！」姚朵倒退著走，看見白毓琮的雙眼放出可怕的光。

她連忙揮手：「偲穎、毓琮，明天見！」

「嗯，再見唷！」偲穎微笑。

「……」白毓琮的背帶斷了，書包掉在地上。

祝恆帶她去一家便利商店，聽說最近出了抹茶冰淇淋，他一看見廣告就想到她。他們坐在店內的位子上，透過玻璃看著熱鬧的街。

「祝恆，你那麼討厭吃甜的，怎麼會注意到出了抹茶冰？」她邊吃邊說。

祝恆看著她吃，挑一下眉，「還不是妳一天到晚嚷著抹茶有多好吃，本大爺不想記也記下來了，上次回家的時候看到廣告，想到妳這隻狗一定很愛吃。」

「……喔。」她別開目光，內心的小宇宙開始猖狂。哇，他記得她的喜好，這是戀愛的節奏嗎？

「喔什麼喔？妳不能做出一點像人類的反應嗎？」

她的火滅了，「抱歉，我不是人類。」

「也是，妳這笨狗。」他開始笑，笑完又提起其他事：「話說，我從以前就覺得白毓琮那小子的力氣很大，常常弄壞東西，好像有什麼怪力藏在身體一樣。」

「他只是比較不會控制力道，但他還是個好孩子。」

祝恆瞥她一眼，「妳真像他保姆。」

「哪有？你才是，別一直找他吵架。」

「本大爺不想找他吵架，是他一直用眼神挑釁我。」

「……他只是眼睛比較小。」

他的鼻子哼了一聲，望向她的冰淇淋，「妳真不愧是狗，吃東西的速度真快。」

「哪有！」

「給本大爺吃一口。」

「啊？」她傻眼，「你不是討厭甜的？」

「是啊！我想知道這種像分泌物的東西到底哪裡好吃。」

「……」靠，什麼爛比喻？

他不等她給，直接過去咬了一口。抬起頭，他在她眼前舔了一下嘴唇，讓她的心猛然一跳。

「看什麼？妳也想要嗎？」他揚起嘴角。

她決定不問「想要什麼」，鐵青著臉把甜筒丟到垃圾桶。

「妳不吃餅乾？」

「不吃，一點味道也沒有。」

「喔。」他沒退開，反而撐住下巴看她，「喂，妳說清楚了沒？」

她聽不懂，「說什麼？」

「妳，還有白毓琮。」

她狠狠一怔，臉龐爬上紅暈。

他欣賞著她表情，「喔！看起來是還沒？」

「我才不知道你在說什麼。」她別過頭。怦怦！她的心臟要炸了。

「要本大爺跟妳解釋嗎？」他伸手扳她下巴。

「不、不用！」

「嘖，不愧是妳，跟狗一樣膽小。」

「我才不膽小咧！」她火大。

「那妳為什麼不跟白毓琮說清楚？」

「我有說啊！」

「喔？說什麼？」

她呆了，臉變得更紅，「呃，說……」

「嗯？」他很沒良心地靠近她，嘴角揚得恨天高。

不對，她好像什麼都沒說，都是毓琮在說。

「毓、毓琮他說……」她斂下眸，「他說想陪在我身邊。」

「啊？」祝恆看起來很不爽，「我看，是妳沒跟他說清楚吧！」

不對，毓琮他知道她喜歡祝恆。可是，這種事要怎麼解釋才好？

看她不說話，他不耐煩地說：「聽著，本大爺沒耐心等太久。」

「咦？」

他的目光很銳利，眼中卻藏著霸道的溫柔，「我不喜歡沒斷乾淨的感情，所以，妳的動作最好給我快一點。不然，本大爺一輩子都把妳當狗。」

霸氣的宣言讓她愣住了，她的心中竄出無數泡沫，卻滿載著悸動。她下意識咬住唇，呆萌地看著他。

「我說妳，別老是咬著嘴巴，總有一天被妳咬破。」說完，他伸手摸向她的頭，一眨眼就把綁著蝴蝶結的馬尾拆掉。

「還有，別綁馬尾了，妳頭髮放下來比較可愛。」

「祝、祝……」

紅褐色的髮絲散落下來，半掩住她的臉蛋。她在他的注視下再度緊張地咬住唇，被他略顯不耐煩的手輕輕撥掉。他的姆指放在她的唇上，讓她的臉又更紅了。

「本大爺說別咬了沒聽見嗎？」

「聽、聽見了啦……」

他笑出來，「嘖，怎麼有人臉可以這麼紅啊？」

在姚朵還恍惚著的時候，祝恆施力捏住她下巴，毫不遲疑地印上她的唇。她睜大了眼，除了對方濃長的睫毛之外，眼中的世界呈現一片空白。

這時，她的手機響了。

她驚一下退開，祝恆用殺人的目光看她。

她不知道該怎麼辦，只好看一下是誰打來的。

「毓琮？」他很少打電話給她。

「喔！接啊。」他笑得燦爛，臉色卻黑成一片。

「……」那張臉分明在說妳敢接就準備死。

可是，她好像有不好的預感，猶豫了一下還是接了。祝恆撐著下巴看她，看那隻跟屁蟲究竟找他的狗有什麼事，竟敢打斷他的寵幸時間。

不過，姚朵下一秒的表情讓他覺得不對勁。

「轉、轉班？」她驚呼出聲。

姚朵：第二次的吻？呃，我、我不知道該說什麼……我只希望祝恆知道他親的是他的狗，不是別人。

03

隔天，白毓琮的臉色特別沉悶。早自習的時間一過，姚朵就拿著還沒吃完的鮪魚蛋土司去找他。

她一屁股在他前面空位坐下，很擔心地看他。

「毓琮，你爸媽真的要幫你轉去資優班？」

「……嗯，說會找時間來學校談。」

她想安慰他，「其實，資優班也沒什麼不好啊！你功課那麼強，進去也一定沒問題的。」

「我不是擔心這個。」他搖頭，「是我，不想離開這裡。」

「資優班在樓下而已，我們還是可以去找你。」但應該不可能勞駕祝恆。

「可是我不想離開妳。」

他還是一樣直接，姚朵臉龐微紅，「唔，那你跟爸媽說過了嗎？」

「沒有。」

「怎麼不說？」

毓琮的綠瞳透出了光，像是淡淡哀傷，「這好像是爸媽第一次給我的關心。」

「咦？」

「他們發現了我的興趣，想推我一把。」

「什麼興趣？」

他握緊拳頭，眉宇揪成一團，「……醫學院。」

醫、醫學院？姚朵開始想像毓琮手拿手術刀的樣子。嚇，會不會一不小心就把病人的骨頭切碎？

不過，原來那天的原文書是醫學相關的書籍啊！

「我覺得那很適合你啊！」撇去怪力不講，以毓琮的腦袋要當上醫生絕對沒問題，總比硬跟著她去體院好。不對，他根本上不了體院。

「可是……」他眼巴巴看她，這時倒像一零一忠犬。

「毓琮，有興趣就衝！你在體院沒前途，真的。」

「但，我在這個班也可以考上醫學院。」

啊！也是，雖然聰明人的腦袋她不是很懂。她換了個翹腳姿勢，又進一步問：「對了，你為什麼想當醫生？」

他的雙眼忽然放光，「我想研究人體脈絡，想在開刀的時候看看血管糾纏在一起的模樣，還有，心臟的瓣膜跳起來應該很漂亮……啊，輸血的時候，濃稠的血經過組織會是什麼樣子？還有肝臟……」

「好、好，我明白了。」她阻止他。靠，她覺得毛骨悚然。

「不過，比起這些，我還是比較想待在妳身邊。」

「毓琮……」

「可是，我不想辜負爸媽的心意。他們是第一次替我安排事情，我覺得……很開心。」

見他說起爸媽，姚朵從中看見了靦腆和渴望，還有一點點寂寞。

這時候，偲穎也走過來關心他，「毓琮，你怎麼了嗎？今天的臉色很差。」

毓琮似乎要說，但一看見偲穎的臉又放棄了，「……沒什麼。」

「偲穎也很關心你喔！跟她說一下沒關係吧？」姚朵覺得偲穎好像有點受傷。不過，毓琮一直都是這樣，只願主動把心事跟她說。

毓琮不知所措地看她，而偲穎露出溫柔卻勉強的笑，「沒關係啦！是我太突然。」

「我沒那意思，只是……」想了半天，毓琮還是想不到要怎麼解釋。

「我知道，你比較黏朵朵。」

「呃……」

姚朵有點尷尬，只好咬了口手上的鮪魚蛋土司。鮪魚沙拉爆了出來，沾到她手指，她忍不住皺眉。

「朵朵！」

「啊？」

她還沒回神，手中的鮪魚蛋土司就被搶走了。祝恆擅自替她吃掉剩下的，還抓她的手過來，含住她沾了鮪魚沙拉的食指。

「啊！祝、祝恆你幹什麼啦！」她一秒炸毛。

品嘗完，他高傲地舔了下嘴唇，一臉本大爺爽不然妳想怎樣，「看妳一臉衰樣，給妳點刺激。」

那也別隨便含人手指好嗎！

「啪——」白毓琮手上的直尺斷裂。

「幹什麼？你想打架嗎？」

「我……」他喃喃自語，「我一定要讓你躺在手術台上，然後……」

「……」姚朵聽不下那個然後。

最後一節的時候，姚朵的好朋友來找她了。她臉色很差，覺得肚子隱隱作痛。好不容易撐到放學，她拖著腳步走出校門，那個樣子讓偲穎很擔心她。

「朵朵，妳還好嗎？」

「還、還可以啦！走到站牌就可以休息了。」

偲穎望向那位大人，「祝恆，你的司機能不能順便載她回家？」

祝恆瞥她一眼，「可以啊！」

「真的嗎？」姚朵像是看見救星。

「但妳現在還是狗，本大爺的車上不想載狗。」

「……」

毓琮的手開始抖，「祝……」

偲穎也皺眉，「祝恆——」

「知道啦！開個玩笑也不行。」祝恆笑出來，「朵朵，過來。」

姚朵的臉一紅，開開心心地走過去。祝恆忍不住笑了一聲，很快就把她抓上車。

「他們的感情愈來愈好了。」

毓琮看她，而偲穎對他一笑，「不是嗎？」

「……嗯。」

「那，你什麼時候要放下呢？」

他一愣，看著她的眼眶似乎有幾分心疼。這女生，雖然個性低調，但把一切事情都看在眼裡。

「我……」他蹙緊了眉，第一次對她訴說心事，「我爸媽要我轉班，但我真的不想離開朵朵，一秒都不想。」

「不過，再這樣下去，有很多人都會受傷喔。」

偲穎沒有說是誰，不過，白毓琮在那一瞬間看清楚了她眼中的擔憂。

車上，年邁的司機不時從後照鏡偷看他們，露出了曖昧的笑。姚朵覺得很不自在，坐得離祝恆很遠。祝恆望向她，眼中盡是煩躁。

「喂，坐過來一點。」

「啊？不用啦！」

「什麼不用？本大爺叫妳過來就過來。」

「喔。」她只好挪動沉重的屁股。

他看不順眼，一把將她抓過來。姚朵呆了呆，感覺到肩上壓了一個甜蜜的重量。她僵直身體，而祝恆愜意地枕著她的肩，從容閉上眼。

「自己跟司機指路，到了叫我。」

「喔……」

「不准亂動，吵醒本大爺就弄死妳。」

弄死她？怎、怎麼弄？

不對啦！

她羞紅了臉，感覺到那位大人牽動著自己心跳，盡情喧鬧。

白毓琮：我喜歡朵朵，卻不想造成她困擾。所以，是時候離開了嗎？

04

跟他們同班這麼多年，姚朵才第一次看見好朋友的家長。下午第一節自習課，大家都還在考試，但有一對男女站在教室外面看，像是在找什麼人。班導看見了，似乎早就知道他們是誰，點了下白毓琮的桌子就叫他出去。

白毓琮老早就把考卷寫完了，往窗外一看，綠色眼睛呆滯在那裡。

姚朵偷瞄了他一眼，猜那對男女是他爸媽。果然沒錯！女的長得跟毓琮超像的，應該是媽媽。

毓琮跟著班導出去，一群人就離開了教室外面。

姚朵伸長了脖子要看，但被祝恆打了下頭，「看什麼？快寫妳的考卷。」

「反正我也不會寫……」她也懶得回頭瞪他。

覺得實在擔心，姚朵匆匆把考卷交了，便藉口說要上廁所。對，這藉口說給自己聽的，反正沒老師在。

她蹦蹦跳跳地跟了出去，祝恆瞪著她背影，像是在思考什麼。

姚朵一路跟到辦公室，趁他們沒注意就轉進陽台，跟盆栽裡的花打聲招呼。她假裝在澆水（沒人在看），卻豎起耳朵聽窗戶另一邊的動靜。

「何老師，我們上次跟您提過想讓毓琮轉到資優班，不知道這件事行不行得通？」是他媽媽的聲音。

班導笑著說：「以毓琮的成績，要轉過去是沒問題，但要先通過考試，畢竟資優班也是一開始入學的時候開放給學生報考的班級。」

「真的嗎？非常謝謝您！我們這孩子對醫學院有興趣，所以想讓他轉到以升學為重的班級。啊，考試在哪時候舉辦呢？」

「如果毓琮願意參加考試的話，下下禮拜就可以準備應考了，會辦在期末考之前。到時候，也會有其他同學一起考。考過了，高三就會轉進資優班。」

「啊，看樣子也要搶名額。」這一次是爸爸的聲音，「毓琮，你要多努力點，這樣才能考進去喔。」

姚朵從窗戶的縫隙瞄進去，發現毓琮一臉遲疑。

「我……」

「哈哈！毓琮在班上都是第一名，一定沒問題。」班導沒注意到他的異狀，打斷他的話。

「這老太婆說什麼鬼話？本大爺上次才是第一名。」

姚朵嚇了一跳，頭一轉，發現祝恆那張放大的臉湊近她。

「耶？你怎麼在這裡？」

祝恆的鼻子哼一聲，「不只我。」

她再看過去，偲穎跟在祝恆後面，也假裝在澆水，溫柔地呵呵笑。

「覺得擔心，就過來看了。」

「笨狗，他們談得怎麼樣了？跟屁蟲確定要轉班嗎？」

她搖頭，「好像還要考試。」

「嘖，要轉就直接轉，考什麼鬼試。」

「喂！這學校厲害的人也有很多啊。」

祝恆彈了下她額頭，「放眼天下，有誰能贏本大爺？告訴妳，本大爺那麼強，那小子勉強可以跟上我，就代表他成績也不賴，妳說他會考不過嗎？」

「……」這是褒還貶？而且，到底是誰勉強跟上誰？

「是誰在陽台一直講話？」班導拔高聲音。

三人僵直身子，看班導叉著腰來找他們。毓琮往門外一看，也撞見他們。

「你們在這裡幹嘛？試考完了嗎？」

祝恆不屑地別過頭，偲穎保持微笑，只有姚朵結巴地說：「我、我們考完了，來澆花。」

聽了這爛藉口，祝恆頭痛扶額，偲穎的笑容僵了。

「澆什麼花？是要我罰你們勞服嗎？快回教室！」

「是……」

姚朵灰溜溜地離開陽台，經過毓琮的時候，小聲地跟他說了加油。他一愣，握緊了拳頭，在那三人走出辦公室前豁了出去說：

「關於考試的事，請讓我再考慮一下。」

「咦？」他爸媽很驚訝，班導也是。

「毓琮，你不是想考醫學院嗎？資優班的資源比較多，對你也有幫助。」

「不過，我留在原班也可以考。」說完，毓琮撞見媽媽逐漸變得傷感的神色，又握了一下拳頭，

「……總之，我再考慮一下，抱歉。」

那天，轉班的事就這麼不了了之。毓琮的表情更悶了，他們四個人一起放學，卻也不曉得要怎麼安慰他。

該勸他去，還是不去？

「喂！跟屁蟲，你到底想不想轉班？」祝恆受不了這氣氛，率先發難。

毓琮一記眼刀過去，「……我說了，還在考慮。」

「考慮什麼？總有想去的原因，和不想去的原因吧。」祝恆環抱手臂，「說說看啊！不說誰知道你在想什麼。」

看毓琮的肌肉又開始發抖，姚朵連忙按住他，婉轉一點地說：「毓琮，如果真的不想說沒關係。」

祝恆瞪她一眼，她不爭氣地抖了一下。

偲穎皺眉說：「不過，你說出來，我們也比較好幫你想辦法。」

「……」

「說真的，本大爺覺得轉班也沒什麼大不了，又不是轉學，你有差那一點距離嗎？還是你怕又被排擠？」

「祝恆！」姚朵要他別再刺激他。

「本大爺有說錯嗎？」看她一直捍衛他，祝恆很不爽，「白毓琮，要是你怕又被排擠，就別一直躲在女人後面，抬頭挺胸地做好你自己！你現在人模人樣，還怕被欺負嗎？」

「我沒有躲在女人後面。」

「喔？」祝恆揚起嘴角，目光卻不悅，「你這不是躲在女人後面？那你幹什麼一直黏著本大爺的狗？」

「我明明說過別再叫她狗。」

「哈！憑什麼聽你的？」

姚朵開始慌張，「等等！你們——」

「不要仗著朵朵對你的感情，就這樣消耗她！」那一秒，毓琮無預警地吼出聲：「我不是你，就算你轉學她也會一直想著你！我想留在這個班錯了嗎？想追我的醫學夢又錯了？我的煩惱，像你這種人根本不會懂。」

「毓、毓琮……」

姚朵傻了，偲穎也愣了。她們心中，似乎有什麼正在崩落。

「對，本大爺是不懂。」祝恆的臉色更黑，他勾起嘴角，低沉地說：「但我知道，正在消耗她的是你。少仗著她對你的溫柔，就死賴著不肯走。」

聽了，白毓琮再度握緊了拳，那雙綠瞳載滿傷痕。姚朵看著他，一步步地崩解武裝，然後，轉身跑走。

「毓琮！」她憂心大喊，抬起腳步追過去。

那瞬間，祝恆抓住了她的手。她怔忡一望，祝恆的神色是她從未見過的沉鬱與疲憊。

「本大爺沒有那個肚量，每次都看妳像個保姆一樣跟著他跑。」

「可是，他很傷心……」

他望著她低落的表情，那種心疼，深深刺進了他眼底。

「是嗎？」他輕笑，卻沒有笑意，「……我就不會傷心？」

最後，祝恆放開了她的手，轉身離開。

徐偲穎：很多人都明白，愛只能給一個人。可是，溫柔也是。分享得太多，他內心的寂寞就會滿溢。

05

進教室的時候，姚朵撞見了正要出來外面洗手的祝恆。他們對看一眼，誰都沒有說話。最後，是祝恆從她的身邊走過去了。

姚朵握緊背帶，覺得心有一點痛。

她回到座位，也沒心情吃早餐。拿出作業本，又不知道祝恆今天願不願意幫她看。

她嘆了口氣，覺得嘴巴乾乾的，這才想起好像很久沒吃到甜菓子的甜點了。

「唉，好想吃喔。」

「想吃什麼？」偲穎拿著早餐走過來，坐在她旁邊問。

姚朵挪了個空位給她，「想吃甜食。」

「呵呵，妳真的很愛吃甜食，都不會胖，好羨慕。」

「偲穎妳的腿才細吧？」

「那是因為我吃得很清淡。」停頓了下，她說：「對了，今天毓琮的臉色好像比昨天更差了，妳要不要去關心他？」

「我？」

「嗯，畢竟他不大跟我說話。」偲穎笑著說。

姚朵沒辦法從她的笑臉中看出情緒，只能說：「毓琮只是比較慢熟，他也知道妳很關心他。」

「知道啦！好像我很受傷似的，不過……」

偲穎往門口的方向看了一眼，祝恆低著頭走進來。

「不過，祝恆的心情也不是很好喔！」

「嗯……」

「朵朵，我知道妳很溫柔，但別太溫柔了。」她起身，拍拍她的頭，「那樣的話，他們都會很受傷的。」

嗚嗚，偲穎真是天使。

下課後，姚朵本來想跟祝恆道歉，但他趴在桌上睡覺，也不知道睡著了沒有。想了想，她還是先去找毓琮了。

一靠近他，他就一副有話想說的臉。

她偏著頭看了他很久，他才慢慢說：「朵朵，我有話想跟妳說。」

「嗯！說吧。」

「我們去外面說。」

他們往上走一個樓層，坐在四人常聊天的樓梯間。姚朵在等他說話，但他似乎還在整理情緒。她看了他一眼，發現他的黑眼圈很重。

「朵朵。」

「嗯？」

「我昨天跟我爸媽說，我想留在這個班級。」

她一愣，「那，他們怎麼說？」

「我媽媽……說她有點傷心。」

「為什麼？」

「她說，她果然不該擅自幫我安排轉班的事。而且，還說以後都留給我自己決定比較好。」

這不是好事嗎？但姚朵覺得他的表情很悲傷。

毓琮抬起眼，輕輕說：「可是，我多希望他們可以對我嚴厲一點。太溫柔、太放任的話，只會讓我覺得很寂寞。」

太溫柔的話……

會寂寞。

她咬住唇，又想起那位大人叫她不准咬。想起他，又覺得難過。

「還有，朵朵，抱歉讓妳跟祝恆吵架。」

「咦？」她回過神，「沒、沒有啦！也不算吵架，只是……」

「我想他說得也對，是我太依賴妳了。」

「可是，我不覺得是一種負擔。」

「不過，祝恆也會傷心吧。」

她抬眼，而他露出淡淡微笑，「不是嗎？他……也需要妳。」

「嗯……」

「說是這麼說，但我似乎還沒有把握放下。太難受了，不管是妳的事，還是我爸媽的事。」

姚朵看他，望見他眸中泛著微弱的光，「朵朵，再給我一點時間吧。不過，要是我跟祝恆又起了爭執，妳儘管站在他那邊沒關係。」

被他的祈求逗笑了，她笑得勉強又心疼，「說什麼啊？我是對事不對人。」

「呵。」

她站了起來，拍拍他的頭，「那，你爸媽那邊怎麼辦？」

「不知道，不過……」他跟著站起，還輕輕抱了她一下，「有你們的鼓勵，我會想辦法振作的。」

是「你們」，而不再是「妳」。

姚朵露出了欣慰的笑。

回到教室時，姚朵沒看見祝恆，也找不到偲穎的人。她正覺得奇怪，這學期的班長才叫他們過去，告訴他們一個壞消息。

「你們跟祝恆是一團的吧？剛才有高三的男生過來找徐偲穎，聽說是想追她，她不堪其擾，祝恆就上去趕走他們，結果一群人在樓梯拉拉扯扯，被推下去了。」

「啊？是誰被推下去？」姚朵震驚。

「祝恆啊！他在保健室，你們要不要去看看？反正第一節課是自習。」

姚朵像是被雷打到，心也被劈了一半。毓琮推推她的肩，催促說：「妳快去吧！」

「你不去？」

「那傢伙看見我會更生氣吧。」

「那，我先走了。」說完，姚朵急急忙忙地朝一樓奔去。

到了保健室，姚朵透過敞開的簾子看見偲穎正在跟祝恆說話。祝恆的頭上貼了一個紗布，精神看起來不差，不過，她還是淚眼汪汪。

她的淚水，就是為他而存在的吧。

「祝恆！嗚嗚嗚……」她咚咚咚地跑向她的太陽。

祝恆：本大爺是死了是不是？老是那麼愛哭。

章六

我們很好

01

「靠！這誰啊？」

保健室中，哭得梨花帶雨的少女衝向床邊，他望著她，實在是我見猶憐。屁。

她哭的樣子比狗還醜。

「朵朵，祝恆沒事，妳不用哭成這樣啦！」偲穎連忙拍她的肩。

「可是、可是……」

「可是什麼？本大爺又還沒死！」

「死？不可以死啦！嗚嗚嗚……」

祝恆汗顏。他望向偲穎，以眼神示意她可以先回教室。

「嗯，那我先回去了。」她無奈笑笑，「還有，抱歉，是我連累你了。」

「剛才不是說過了嗎？別囉嗦，快回去。」

「是、是。」

偲穎走了之後，他凜眉看她，那隻狗還是哭個不停。他嘆氣，對她勾了勾手。

「朵朵，過來。」

「神摸？」

「本大爺說過來！還有，妳別哭了就忘記人話怎麼講。」

「喔……」她乖乖靠過去。

祝恆坐正了身子，細細地看她哭腫的雙眼。臥蠶又更粗了，看起來倒有幾分可愛。

「祝恆，你撞到哪裡了？」

「額頭而已，沒事。」

「有流血嗎？」

「一點點。」

「腦子有事嗎？」

「妳腦子才有事！」他巴一下她頭，捏住她的臉頰，「別再問了！本大爺還能活跳跳地跟妳說話，代表死不了。」

「那，把你推下去的那些人呢？」

「被訓導主任抓走了，大概會記過吧。」他得意揚笑，「呵，看那些人不順眼很久了，這下正好。」

「……」他該不會是故意的吧？

祝恆瞥她一眼，「白毓琮怎麼樣了？」

「什麼意思？」

「轉班的事啊！早上他不是找妳說這個嗎？」

原來他有看到。姚朵搖頭，「他跟爸媽說不想轉班，不過，還沒有真正決定吧。」

「喔。」

「祝恆，他猶豫的原因沒有那麼簡單，不過，也被你說中了一部分。」姚朵擦了擦臉，「所以……」

祝恆抬眼看她，面色平靜。

姚朵忽然撲了上去，手輕輕抱住他，害他微微一呆。

「對不起啦！我、我不該只顧他的心情，其實，你說得也很對。」

「……趁這種時候亂摸，是要本大爺撲倒妳嗎？」

她大驚，「什——」

他輕輕一笑，伸手就把她抱上床。下一秒，他把她攬在懷裡，另一隻手拉上了簾子，那影子從外面看起來真有幾分十八禁。

不過，他們還沒滿十八，所以只能純聊天。

「祝、祝恆……」她太嬌小了，整張臉都被埋在他胸膛，差點喘不過氣。

「別吵，讓大爺我安靜睡個覺。」

「啊？那我呢？」

「妳上網查一下床伴的注意事項。」

「……」

祝恆揚起嘴角，「朵朵。」

「嗯？」

「我……」

她豎耳聆聽，卻只聽見那位大人的紊亂心跳。一下又一下，似乎跟她的很相像。

「我要睡了。」

「咦？喔。」

「……」嘖，他竟然說不出來。

偲穎回到教室之後，白毓琮站在門口等她。她笑一下，似乎知道他是為了什麼而等。

「你是不是想問祝恆和朵朵的情況？」

「嗯，和好了嗎？」

「不知道，不過，離開之前我看到祝恆把她抱上床，而且拉上了簾子唷。」

白毓琮雙眼冒火，差點把門框弄彎。

「冷靜、冷靜！」她抓住他手，「毓琮，別聽見朵朵的事就反應這麼大呀。」

「抱歉。」

她微笑，「學著不去在意也是一個放下的好方法。毓琮，我相信你可以的。」

「如果……最後我還是辦不到呢？」

偲穎在他眼中看見眷戀，而她從來就只能看著，「不知道，可是，放下的話才能看見其他人喔。」

白毓琮深深望著她。

「我跟朵朵一樣，都希望你不要受傷。」最後，偲穎這麼說。

那天中午，白毓琮在祝恆的桌上多放了一個便當，然後，坐回位子上餓肚子。

祝恆休息夠了，一回來教室就看見那個便當，還在疑惑是誰沒吃。

姚朵發現是毓琮放的，偷偷過去問了他。

「喔，那是賠禮。」

「啊？」她傻眼。

「他食量不是很大嗎？為了向他道歉，我給他我今天的便當。」他很認真。

「……」這就是毓琮的溫柔啊。

祝恆也發現了，他神情平靜地夾走便當中的雞腿，然後把便當還給他。在白毓琮抬眼看他的那一刻，祝恆揚起依舊狂妄的笑。

「知道了！本大爺心胸還不寬大嗎？吃了你一隻雞腿就算了事。」

「喔，原來一般人都是這樣賠罪的。」毓琮喃喃自語。

祝恆！不要亂教啦！姚朵汗顏。

祝恆：啊？我們當然只有睡覺。要撲她，至少得再等她幾年，等她胸前長了點肉再來撲。

02

後來，白毓琮還是去考了試，考過之後卻沒有進資優班。他沒放老師鴿子，而是跟老師談過，高三的時候再去參加資優班的晚自習。那裡讀書嚴謹，總比吵吵鬧鬧的五班還好。

姚朵想，偲穎要補習、毓琮去參加晚自習，那高三時一起放學的人就只剩下她跟祝恆了吧。

她看了看祝恆的側臉，有一點慶幸，也有一點寂寞。好奇怪啊她！

「看什麼？」他發現她轉頭，挑眉問她。

「我只是在想……好像很多人開始認真讀書了。」

「妳這是廢話嗎？看妳整天腦袋空空，知道期末考快到了嗎？」

她一驚，「啊！對吼。」這陣子在練健康操，她都忘了。

他伸手捏住她下巴，「妳什麼時候才能精明點？」

「很痛啦！」

「腦袋遲鈍得像恐龍，原來妳還知道痛。」

她不理會他的調侃，「祝恆，你高三會去上補習班嗎？」

「哈！上什麼補習班？以本大爺的腦袋，還需要上補習班嗎？」

她就知道他會這麼說。

「那，你有想讀什麼系嗎？」

他瞥她一眼，「外交。」

「咦？外交？」她大驚，沒想到他已經決定未來的路。

「怎樣？有問題嗎？」他揚起嘴角，「反正這世界早晚是本大爺的，當上外交官，去外國晃晃也不錯。當然，以大爺我的臉蛋跟外語能力，注定就是要吃這行飯。」

真、真不愧是祝恆。不過，要是他真的當上外交官，留在台灣的時間就會變少吧？那他們……

彷彿看穿了她的寂寞，祝恆又彈了一下她額頭，「妳在煩惱什麼？大學都還沒唸，不用想那麼遠。而且人是會變的，搞不好沒幾年我就準備選總統。」

「……」他絕對會摧毀世界。

「妳呢？真要讀體院？」

「我不知道，不過……」她別開目光，「看偲穎跟毓琮都這麼認真，然後你也勢在必得的樣子，我就覺得我很不爭氣。」

「妳是很不爭氣。」

「喂！你真的很過分。」

祝恆大笑，「不爭氣也沒差，大不了本大爺養妳。」

她心一跳，覺得滿腔悸動，但下一秒那位大人打醒了她：

「反正狗糧不貴。」

「……」

「喂，妳如果覺得自己太廢，不然週末去圖書館讀書吧？」他提議。

「圖書館？你會去那種地方喔？」

他挑了下眉，「本大爺是不讀書的，但為了妳這隻笨狗，只好下海了。不過，早上六點就要去占位子，最近很多人排隊。所以，妳要打電話叫本大爺，不然就準備蹲在路邊讀。」

「好啦、好啦。」真是，那位大人的缺點就是愛睡。

健康操比賽結束後的那個週末，祝恆帶了姚朵去圖書館。不過，她也把偲穎跟毓琮找來了。偲穎還好，祝恆看了一眼那隻跟屁蟲，內心默默不爽。

最後，他用殺人的目光看姚朵，對方除了害怕之外也不曉得他在不爽什麼。

「呵呵！祝恆難得也會想跟妳約會啊。」偲穎在她耳邊說。

她臉一紅，是這樣嗎？但他明明說是讀書啊！

「真不愧是朵朵，好呆喔。」她笑個不停。

姚朵看祝恆一個人走在最前面，連忙補償心態地跟了上去。

意外的是，祝恆回頭了，看的卻是白毓琮：「喂！所以你到底有沒有去考試？」

「嗯，高三的時候晚自習留在資優班。」這件事他只有告訴姚朵，但他覺得講了也沒差。

「啊？費那麼大勁？普通班也有晚自習啊。」

「真的嗎？」姚朵還真不知道。

「毓琮應該是想待在安靜的讀書環境吧！」偲穎笑著說：「我們班雖然也有晚自習，但大家應該會拿著便當跑來跑去，很難靜下來讀書。」

「嘖，定力不夠的人才需要安靜的環境。」祝恆一臉嗤笑，「也是，像本大爺這種不用讀書的人你們是沒辦法理解的。」

好了啦，祝恆，毓琮的頭髮炸起來了喔。

吃完早餐後，他們就進到圖書館裡面。不愧是考試週，人真的很多。姚朵跟毓琮排到相鄰的位子，祝恆在她左後方，偲穎則是在另外一排。雖然有點寂寞，但今天是來讀書的，她可要好好認真才行。

「朵朵，我需要跟祝恆換位子嗎？」才剛坐下來，毓琮就很認真地問她。

「不、不用啦！祝恆不是那種人。」他一定會覺得這種事很娘。

「嗯，我以為妳會想問他功課。」

「問你也行啊！你那麼厲害。」她笑笑。

聽了，毓琮露出了備受關愛的笑。啊，他真的會忍不住讓人散發母性光輝。

「對了，轉班的事，我本來是不想考的。」

「咦？那為什麼又去考了？」

「爸媽建議我可以留晚自習就好。」說完，他很靦腆地說：「我……覺得很高興。我做了一個自己真正想做，也符合他們期待的決定。」

「哇！」雖然不大懂這種感受，但姚朵很替他高興，「真是太好了。」

「嗯，希望以後也能這樣。」

「一定可以啦！」

姚朵的頭又被敲了一下。她吃痛，祝恆臉色陰沉地把頭探進兩個人之間，用氣音說：

「知道很多人都在看你們嗎？來圖書館還這麼吵，找死啊。」

「喔！對、對不起。」

「……抱歉。」

祝恆瞪著姚朵，低聲說：「再吵，看本大爺等一下怎麼修理妳。」

修、修理？

啊！她幹嘛臉紅啦！

姚朵：真是的！要約會至少也要約人家去餐廳或看電影啊！算了，總覺得無法想像。

03

姚朵在桌上流了一攤口水，看起來很髒。祝恆說他最討厭口水怪，要她回家吃自己，以後別再靠近他。

嚇啊啊啊啊！

……喔，還好，她只是做了一個惡夢。

恍然驚醒，她往右一看，毓琮很認真地在算數學。往左後方一看，祝恆拿著單字本在背。視線回到眼前，她望著自己才翻了兩頁的歷史課本，再一次體會到身為學渣的可悲。

笨就算了，還一點都不認真。她果然還是乖乖地想一下有什麼比賽可以參加，替她的備審資料加分比較實際。

不過，在那之前她的期末考還是要撐過去。

她打了個哈欠，拿起水壺，想去茶水間裝一下水。

經過祝恆旁邊時，對方拉住她，還順道把他的水壺給她，似乎是要她幫忙裝。她扁嘴，覺得他很懶，但還是乖乖地接下來了。看她的表情很不滿，祝恆用力拉了下她的手，她跌一下，栽進他臉前。一個吻落在她嘴上。

她大驚，而祝恆悠閒地用氣音說：「滿意了沒？」

她差點尖叫，紅著臉跑走。

「唉……」

在茶水間時，姚朵嘆了一口很大的氣。在一起了嗎？沒在一起？到底有沒有在一起啦！

她不知道，可是，好像有點幸福。

她不自覺地把指尖放在唇上，想像一下，又害羞地在原地轉來轉去。

「嗯，我知道……」偲穎的聲音從附近傳來。

她愣了一下，往旁邊看，偲穎靠在廁所旁邊講電話，沒看見她。

「可是，我有在讀啊！」她像是在解釋什麼，沒多久又放棄，「嗯……」

之後，偲穎掛斷電話，姚朵還在想她是在跟誰講話。她把水裝好，想走上去找偲穎，但她看見了令人擔憂的一幕。

偲穎轉進一旁的置物室，慢慢蹲了下來，然後，輕聲抽泣。

她看呆了。

在她心中，偲穎是個美麗又堅強的女孩。同班五年了，除了升學考那一次，她從來不曾見她傷心難過。

回到位子上，她躊躇著，最後還是跑去找了祝恆。

「怎樣？」他覺得姚朵很不認真，老是晃來晃去。

「偲穎在哭。」她湊近他耳邊說。

他眉一挑，叫她到圖書館外面講。

「剛才我去裝水，看到她講電話，講完就開始哭。」

「她還在那裡嗎？」

「不知道……」

祝恆望向天空，不怎麼在意地說：「誰知道？女人都很難搞，動不動就哭。」

「喂！搞不好她真的很傷心啊！」

「也是，偲穎那傢伙又不像妳，什麼都可以哭。」

她不理會他，「那要怎麼辦？」

「怎麼辦？妳不會去問她？」

「可是，萬一她不想講呢……」

祝恆有點受不了她，「不想講就不想講啊！難道妳還要逼她嗎？」

「喔……」

她落寞，祝恆看不慣，用力把她拽進臂膀。雖然一點也不溫柔，但她的心還是暖洋洋。祝恆就是這樣，蠻橫，卻懷著滿滿關切。

「嘿嘿！」她忍不住笑。

「笑什麼？妳這呆子。」

「因為我覺得……」

「怎樣？」

很幸福啊！她沒說，拐了個彎表達：「還好我是你的狗。」

這句話不知怎地讓他心一動，他望向別處，沒來由地感到不自在，「嘖，哪有人自己說自己是狗的？」

後來，偲穎似乎感冒了，噴嚏打個不停，看起來很痛苦。姚朵也覺得這邊冷氣很強，好幾次忍不住發抖，是祝恆邊罵邊幫她披外套，她才免去了跟偲穎一樣的遭遇。

毓琮也借了自己的外套給偲穎，但她的臉色還是很糟。看了看時間，也下午三點了，他們決定先解散，好讓她回家休息。

她要坐上捷運前，把外套拿下來遞給毓琮。

「喔，妳拿去用吧！捷運站裡也會冷。」毓琮把外套推了回去，「上學再還我就好。」

偲穎愣一下，才疲憊笑笑，「嗯！謝謝你。」

「呵，總算有點男人的樣子。」祝恆挑眉。

「……」毓琮的手又開始抖。

「呃，毓琮，我們趕快去等公車吧！」姚朵拉住他手臂，免得發生血案。

「等等，大爺我跟你們一起去。」

「咦？你司機不來載嗎？」

「今天假日，大爺我沒要他加班。」他把姚朵拉離那傢伙身邊，「別囉嗦，快走。」

三人上了公車，決定一起搭到車站再轉車。不過，祝恆似乎沒搭過公車，一上車就把千元大鈔遞給司機。

「啊？小伙子，你有沒有搭過公車？」司機大叔一臉難以置信。

「怎樣？大爺我平常都給司機載！一千元不夠嗎？公車有這麼貴？」

「你這小子說話怎——」

「祝、祝恆！」姚朵慌忙拉開他，從口袋掏出十二塊丟進去，然後把祝恆抓到最後一排。

毓琮已經坐在那裡了，他一臉鄙視，看得祝恆忍不住想揍。

「看屁啊！大爺我平常才不坐這種平民車。」

「祝恆，大家都在看你啦……」

他的聲音太大了，車上的平民都用奇怪的眼神看他。祝恆狠狠瞪了他們一眼，那些人才收回目光。

忽然，司機緊急剎車，害祝恆差點跌出去。

「靠！會不會開車啊？駕照怎麼考的？」他大罵。

「是你自己沒坐好。」毓琮陰沉地說。

「說什麼啊你！想打架嗎！」

「祝恆！」

「怎樣？一直叫我，妳不會叫他閉嘴嗎？」

「該閉嘴的是你。」

「白毓琮你想被打是不是！」

「毓琮，別說了啦……」

「笨狗！妳靠他那麼近幹什麼！」

「沒肚量的男人。」
「什——」
「天啊，你們饒了我吧……」姚朵無語問蒼天。
白毓琮：死不承認自己的無知。對，我就是在說他。

04

祝恆睡到一半，被叫個不停的手機吵醒。一抬眼，窗外的天很亮。
「誰又吵本大爺睡覺？今天不是假日嗎？嘖！」他邊罵邊打開手機。
My dog：祝恆，你起床了嗎？
神：怎樣？現在才十一點當然還沒，本大爺不是跟妳睡過！
跟屁蟲：ㄕㄕㄕㄨㄟ
跟屁蟲：ㄟㄟㄟㄟㄅㄎ
神：靠！打錯字。說過。
My dog……毓琮，把手機拿好。
My dog：祝恆，我跟毓琮想去探病，你要來嗎？
My dog：我剛才打給偲穎，好像病得很重，問她能不能去，她說好。
神：嘖，生病就該好好休息，妳這隻病原體過去，她會病得更重。
跟屁蟲：你才有病。

神：靠！本大爺都沒說你全身都是病！

My dog：你們別鬧啦！所以你不去？

神：當然要去，誰知道某人會不會幹出什麼變態事。

神：還有，本大爺不想再搭破公車，你們給我在門口等，丟地址上來，我叫司機去載。

神：白毓琮，穿得有存在感一點，本大爺怕司機看不到你。

跟屁蟲：在哪集合？

My dog：祝恆跟我們要地址，等一下要叫司機載我們。

神：你看不懂本大爺打的字嗎？

跟屁蟲：還有說什麼？

My dog：說穿得好看一點。

My dog：等等，毓琮你看不到他打字嗎？

神：靠！白毓琮你剛剛封鎖我是不是？

My dog：……

「本大爺總有一天要滅了你這小子。」祝恆雙眼冒火。

祝恆的司機載他們三人到偲穎家。一下車，姚朵就打電話給偲穎。過了不久，偲穎的媽媽出來迎接他們。

「不好意思，還麻煩妳來看這孩子。」她溫柔笑笑。

哇，偲穎的媽跟她一樣美。姚朵禮貌地說：「阿姨好！不麻煩啦，偲穎是我的好朋友。」

「呵呵！啊，這兩位是？」

偲穎的媽看祝恆和白毓琮的眼神有點奇怪。姚朵也覺得奇怪，祝恆懶得在這裡停留那麼久，就先回答：

「阿姨，我們都是偲穎的朋友。」

她遲疑一下，才露出笑，「喔！好，進來吧。」

偲穎躺在床上滑手機，看見好友們進來房間，便高興地起床打招呼。偲穎媽看了他們一眼，叮嚀她幾句，才慢慢關上房門。

姚朵坐在床邊，好奇問：「偲穎，妳媽叫妳晚點還要讀書喔？」

「嗯！對啊，後天就期末考。」她的聲音很沙啞。

「妳病成這樣，少看一些也沒關係吧！平常妳上課不是很認真嗎？」

「不過，我不像祝恆跟毓琮一樣聰明，還是要複習才行呀。」她笑笑。

祝恆瞥她一眼，「那是當然。但，病要先好起來才有可能考得好。」

「……多休息吧。」毓琮輕聲說。

姚朵在偲穎的臉上找到一絲疲憊，還有幾分她看不懂的情緒。她想了想，決定進一步關心她。

「偲穎，妳最近心情還好嗎？」

「怎麼這麼問？」

「就、就感覺妳有時候臉色看起來不是很好。」姚朵不想說自己有看到她哭。

「呵呵，沒什麼啦！」她笑，卻輕皺著眉，「只是考試前壓力有點大。」

「不用給自己那麼多壓力，妳這樣活著有什麼快樂可言？」祝恆淡淡地說。

祝恆的話雖然直接，但也有幾分道理。姚朵安慰她：「偲穎，如果太累的話就跟爸媽說一下，相信他們會理解妳。」

「不可能。」偲穎說得斬釘截鐵。

「咦？」

發現自己太激動，偲穎用笑容掩飾：「啊，抱歉，我燒得神智不清了。」

「偲穎……」

「我倒是有點羨慕妳。」毓琮忽然說：「我比較希望，爸媽可以多管我一點。」

毓琮，正常人不會那樣希望啦。姚朵汗顏。

「……那樣有什麼好？」

三人一愣，望向偲穎逐漸失控的神色，「……我啊，好希望能自由。考高中的時候，我不是考差了嗎？你們知道我被罵得有多慘嗎？」

「那也過去了，別放在心上，有我們在啊！」姚朵拍拍她。

「就是因為有你們在，我才覺得很痛苦。」她忽然說。

那一秒，偲穎眼中的純粹開始崩毀。她紅了眼眶，悲傷地看著他們。

「朵朵，妳雖然成績不好，但爸媽也沒逼過妳什麼，而且妳的體育好，以後也有屬於妳的路可以走；毓琮不用說了，成績那麼好，考上醫學院大概也沒問題；祝恆的話，我真羨慕你那顆不用讀書也可以拿高分的腦袋，可是……」

「可是，待在你們身邊，我覺得我很悲慘。我走不了我想走的路，卻也沒辦法把成績維持在一定水準。生了病還要拚命讀書，甚至被不用拚命的你們安慰，這樣的生活，我真的受夠了。」

「偲穎……」姚朵呆住了。

「但受夠了也沒用啊！等一下我還是要唸書，還是要拼命考上一點興趣都沒有的科系。」說完，偲穎忍不住淚如雨下。「奇怪，我跟你們說這些幹嘛？明明說了也無濟於——」

「徐偲穎！」門外忽然傳來一聲咆哮。

四個人都嚇住了。下一秒，門被粗魯地撞開，一名面色凶惡的中年男子衝了進來。

那是偲穎的爸爸？

「哈，終於被我抓到了是不是！妳讀書不讀書，交什麼男朋友！還敢直接帶回家？我跟妳媽早就懷疑妳很久了，考高中的時候也是不想跟男朋友分開才故意考差吧？」

「什——」姚朵傻眼，白毓琮也一臉震驚。

偲穎的爸爸凶神惡煞，看了他們一圈，忽然用手指向祝恆，「是你吧！你是徐偲穎的男朋友，是不是？」

「啊？我？」祝恆一臉莫名其妙。

看偲穎一直哭，姚朵連忙替她解釋：「呃，偲穎爸爸，你誤——」

「對！我就是交了男朋友怎麼樣！」偲穎忽然大吼。

所有人都嚇到了，一同望向哭得顫抖的她。她吸了吸鼻子，一邊哭一邊吼：

「憑什麼我都要照你們的話去做！生病了不想唸書不行嗎？不想考第一志願不行嗎？交男朋友不行嗎？要我待在這種家裡，我還不如去找男朋友！」

丟下這句話，偲穎悲傷地衝出房門。姚朵徬徨地望向祝恆，祝恆也拿不定主意，最後，是毓琮抓住了他們兩個的手。

「……走，去追偲穎吧。」

05

徐偲穎：在我的眼裡，你們這些小情小愛都是幸福中的一些小煩惱而已。但我，走的路一開始就沒有光。

「偲穎，這個枕頭我才剛洗過，妳儘管用沒關係。還有，棉被不夠的話再跟阿姨說喔！」

「謝謝阿姨！我用這件就好。」偲穎笑了笑。

姚朵的媽媽關上房門，那一秒，偲穎跟她都安靜了。望向姚朵，偲穎躊躇了下，還是先開口了。

「朵朵，謝謝妳還特地收留我。」

「不會啦！」她笑著搖頭，「跟妳爸媽吵成那樣，還是明天再回去會比較好。」

她沉默著，閉上哭腫的雙眼，「……不過，明天情況也一樣吧。」

姚朵想起下午的慘烈情況。明明偲穎就已經哭成那樣，還衝出家門了，她爸居然還追出來罵人。要不是祝恆跟毓琮先擋下，偲穎應該會被她爸賞巴掌。最後，還是姚朵半撒嬌地說要把偲穎帶回家過一夜，她爸媽才終於氣沖沖地回去。

想起那對火爆的父母，再想起謙遜有禮貌的偲穎，她忽然覺得他們一點也不像了。

「抱歉，讓你們看笑話了。」她看起來很低落，「朵朵，妳媽這麼溫柔，我好羨慕呀。」

「呃，我媽發火的時候也很可怕啦！」姚朵拍拍她的肩，「一開始，我也覺得妳媽很溫柔啊！誰知道她完全站在妳爸那邊，也不阻止一下他。」

「我媽很聽我爸的話，而我爸完全是個大男人。他從小就不准我跟男生說話，考試永遠都要九十分以上，學校也是非第一志願不讀。考高中那次，他們對我又打又罵，我都以為自己要死了。」

偲穎說得雲淡風輕，她卻彷彿能看得見她的悲傷和恐懼。姚朵不能想像，因為她的爸媽從來沒有逼過她。可是，她依舊感到心疼。

「朵朵！出來一下。」她媽在門外叫她。

「好！」

姚朵離開床上，跑去找媽媽。她媽拿著一杯熱牛奶，說是要給偲穎喝的。

「感冒了還不能好好休息，這孩子也真是可憐。」媽媽嘆了口氣，「一個那麼漂亮的女孩子哭成這樣，她爸媽也真是，都不心疼嗎？」

「媽，我以前哭的時候妳也不心疼啊。」姚朵開她玩笑。

「妳？妳是該罵！」媽瞪她一眼，「好了，拿去給她喝，喝完趕快睡覺。」

「知道了啦。」

回到房間裡，姚朵把那杯熱牛奶給了偲穎。她愣一下，才慢慢接下。喝了一口之後，她忽然抽動肩膀，又開始落下淚來。

「咦？妳、妳燙到了嗎？」姚朵大驚。

「不是啦！」她邊哭邊笑，「我覺得好幸福。朵朵，謝謝妳跟妳媽媽，對我這麼好。我爸媽從來沒有這樣對過我。」

「偲穎……」感性的她也開始在眼眶中累積能量，「嗚嗚，妳的爸媽真的很壞！別擔心，妳想住多久就住多久，大不了我跟媽媽求情……」

這一晚，兩個女生邊哭邊睡著了。夜還深，明天還長。但是，這一刻的溫馨，還是值得她好好沉浸。在夢中，偲穎夢見自己笑了。

隔天，姚朵的媽媽幫她們兩個請假了。兩個人一睡就睡到中午，醒來的時候還很慌張。知道這是媽媽的溫柔之後，姚朵才放下心來。

「偲穎，還是我們去逛逛街吧？」

「好呀！」

「不過，妳身體還好嗎？」

她笑著說：「有妳媽的照顧，我真的好多了。」

「那就好。」

下午的時候，姚朵帶著偲穎出門。出門之前，姚朵那個才讀國二的弟弟還在門口撞見偲穎。他一愣，頭上開出好幾朵花，姚朵就知道這傢伙又犯花癡了。

「你還在這幹嘛？不上課嗎？」她馬上搬出姐姐姿態。

「今天是國三的畢業典禮，我們早就放學了。」他看了一下偲穎，露出靦腆笑意，「偲穎姐姐妳好，平常我姐麻煩妳照顧了，她一定很蠢吧？在家裡的時候就常常闖禍，我還擔心她活不到畢業。」

「靠！誰活不到畢業啊！哪有你這樣詛咒姐姐的？」姚朵忍不住罵。

「……誰罵髒話啊？」媽媽的聲音從客廳傳來。

「對不起，我出門了。」嗚，連在家裡都被弟弟壓制。

把笑個不停的偲穎帶出門之後，姚朵看了下手機，發現祝恆傳訊息問她人在哪裡。

朵朵不是狗：我媽幫我們請假了，現在我跟偲穎要去逛街。

暴君：在哪裡？大爺我去找妳們。

朵朵不是狗：咦？你不上課嗎？

暴君：白毓琮那小子一大早就心神不寧，說他想裝病去找妳們，本大爺想想下午也沒事，乾脆一起蹺課。

毓琮：嗯。

暴君：別囉嗦了，報上路名，我們十五分鐘後到。

放下手機，姚朵雙眼發出光，開心地說：「偲穎，他們都要來找妳了，今天就好好放鬆吧！雖然明天期末考，但自習課還可以看書。」

「我不想管了。」下一秒，偲穎揚起一抹感動的微笑，「這一次我不想管了，我們一起好好玩吧。」

「嘿嘿！好！」

她們一起前往那條街，到了那裡，兩個男生已經在那裡等了。一個目光溫暖，一個姿態狂妄，卻以同樣的笑容望著她們。

或許，這是她的生命中無法缺少的養分。

「笨狗，妳眼睛竟然哭得跟偲穎一樣腫，真是受不了妳。」

「喂！是你太冷血！」

「……偲穎，還好吧？」

望向白毓琮，偲穎溫柔地笑了：「嗯！有你們，我真的很好喔。」

姚朵：不管發生什麼事，最後都會變好的。因為，我們四個會陪伴在彼此身邊嘛！嘿嘿。

章七

她愛他愛她愛他

「那個長翅膀的神真的好帥喔！」出了電影院，姚朵還在為電影中的主角著迷。

祝恆嗤之以鼻，「哪裡帥？前面還被打成那樣，連他媽都認不出來。」

「喂！他最後還是贏了啊。」

「敵人根本是摔死的。」

是、是沒錯啦！不過，祝恆一點都不適合看電影，總是用鄙視人類的角度在看。

「呵，要是本大爺去打，會直接用劍把他的腦袋砍下來。」他笑得狂妄。

姚朵不想理他，轉頭看白毓琮，「毓琮，你呢？有什麼感想？」

毓琮默默地說：「我的話，會用小刀把他的脊椎、血管、內臟全部都分開，然後……」

「可以了，我不是問那個。」她轉向偲穎，「偲穎，妳總有正常一點的感想吧？」

她呵呵笑，「嗯！我覺得他們的愛情好感人。」

這果然是浪漫派的偲穎會注意的重點。

「不過為什麼神要把他們復活呢？我覺得一起死會比較好唷！愛情，就是要淒美一點呀。」她溫柔地說。

不過，她的愛情觀太茱麗葉了。

唉，算了，這代表大家都有在看電影。

四人走在街上，吃吃喝喝、吵吵鬧鬧，嘴巴塞滿食物，手上也提了一堆袋子。姚朵很久沒買衣服了，跟偲穎兩個人挑了一堆，祝恆則自己一個人跑去男裝店看，只有毓琮一直跟著她們，沒有買東西。

「毓琮，不買個衣服嗎？」結帳後，姚朵問他：「我們去男裝店找祝恆，你也順便買一下啊。」

「我平常沒有買衣服的習慣。」他搖頭。

「咦？那你之前穿的便服是哪來的？」

「過年我爸媽買給我的，他們一年之中只有那時候才有空帶我出去。」他微笑，眼中盡是孩子般的光芒，「不過，那時候我很開心。」

姚朵差點要拭淚，「那，我們也幫你挑幾件衣服吧！製造一些溫馨的回憶嘛。」

「呵呵，祝恆看起來蠻會穿衣服的，應該可以幫你挑喔。」偲穎笑著說。

他一秒變臉，「……我不用他幫忙。」

「好啦、好啦！走吧！」

姚朵連拖帶拉地把白毓琮帶到祝恆在的男裝店。才一進去，就看見女店員站在祝恆旁邊，不斷稱讚他的時尚品味，手還趁機摸他肩膀！姚朵看得火冒三丈，但又不敢上前拉開他們。畢竟，自己也還不是他女朋友。

正當她鬱悶時，白毓琮看不下去，上前拍了一下那女店員。

「你好，有想要試穿的衣服是嗎？都可以幫你拿喔！」身材火辣的女店員誤解了。

「不是。」他搖頭，直接了當地指向祝恆，「可以的話，麻煩不要一直碰他。」

白毓琮知道姚朵會不高興才出此下策，可是……

「唔？喔、喔！我明白了，對你真不好意思。」她一秒變得興奮，「我不會碰你男朋友，你可以放心唷！」

可是他不知道腐女處處都是。

後來，祝恆再也受不了女店員曖昧的眼光，衣服拿著就怒氣沖沖地衝出店外。白毓琮也是，他氣得全身都在發抖，還不斷好噁心、好噁心地碎碎唸。

「靠！到底是誰才要覺得噁心啊！」

「好噁心、好噁心……」

「你再唸，本大爺就揍你！」

「好噁心、好噁心……」

姚朵看情況不妙，上前摀住毓琮的嘴，「好了啦！我們該回家了。」

「說什麼啊妳！」沒想到祝恆更生氣，一把將她扯了過來，「回家？妳敢跟他回家試試看！」

「我才不是那個意思！」

偲穎笑個不停，直到一聲電話鈴響打破了他們的喧鬧氣氛。他們一同回頭看她，而偲穎勾起了疲憊的笑。

再怎麼快樂，終究要面對現實。

「接吧！應該是妳爸媽？」祝恆努了努下巴。

「嗯……」

姚朵替她打氣，「總要跟他們說行蹤嘛！相信妳爸媽也氣消了，應該不會再亂罵。」

偲穎望向白毓琮，他也給她一個鼓勵的目光。

深吸口氣，她接起電話：「……喂？」

三人屏住氣息看她，但偲穎看起來很正常，言談中也沒有異狀，看來她爸媽似乎真的氣消了。

不過，等她掛掉電話，她才為難地望向祝恆。

「怎樣？」注意到她的目光，祝恆挑眉問。

「那個，我爸說要見你。」

「啊？見我？」

她看起來很不好意思，還愧疚地瞥了一下姚朵，「抱歉，我上次隨口說我交了男朋友，他們也認定是你了，可能是想問清楚你的底細吧。」

姚朵很驚訝，「偲穎，妳剛才沒跟他們解釋嗎？」

「嗯，沒有……」她的頭更低了，「我怕他們覺得我在說謊，又會更生氣。」

三人沉默了，紛紛拿不定主意地看向祝恆。祝恆像是在思考什麼，沒有說話。

見氣氛難堪，偲穎又說：「要是你不想見我爸沒關係，我隔一陣子再跟他們說分手就好。」

「不過，本大爺不去的話，妳應該又會被罵？」他挑眉問。

被說到重點，偲穎沉默了。

這一刻，姚朵也不曉得該說什麼。她知道祝恆不去，偲穎一定會被罵。就算向她爸媽解釋這個誤會，偲穎也會因為說謊被罵。

可是，她不希望祝恆被當成誰的男朋友。

這些日子以來，她的確是貪心了。一天一天，變得更貪心。從什麼時候開始，她再也不只想當他的寵物？他的眼中有她，但她多希望連他的身邊也只有自己。

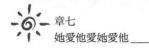

在一片靜默中，祝恆開口了：「走吧。」

「咦？」偲穎愣了一下。

「我說走。」祝恆不耐煩地說：「反正只要演一下就好了吧？暑假過後妳就跟他們說分手了，說妳要準備考試，這樣他們會更以妳為榮。」

聽了，偲穎的目光逐漸有了溫度。她露出感激的微笑，真心答謝：「祝恆，謝謝你！」

「道謝就別說了，妳們女人就是囉嗦。」他皺了眉，「我叫司機來載，順便把妳送回家。朵朵，妳也上車。至於白毓琮，本大爺今天心情好，就勉強也載你一程。」

「……」白毓琮沒說話。

「喔！好。」姚朵撐起了一抹笑。

上了車之後，白毓琮望著她，而姚朵的目光淡淡鎖著前座的祝恆。是，她明白祝恆雖然嘴巴壞，卻是個很重情誼的人。這明明也是吸引她的原因之一，但，她的眼睛怎麼就酸澀得想直接大哭一場了呢？

她果然還得再多修練幾年啊。

> 祝恆：麻煩歸麻煩，這點事我還勉強能做。要是偲穎那傢伙被罵了，那隻狗肯定又要來找大爺我哭了。

02

下車的時候，偲穎她爸已經在門口等了。祝恆叫姚朵跟白毓琮留在車上，但兩人不聽，說是為了怕她爸又出手打人。祝恆拿他們沒轍，叫那兩人站在後面看。

祝恆和偲穎並肩走過去，停在中年男子面前。不一會兒，她媽也探頭出來了。

沒有人說話。

姚朵觀察她爸的表情，像是在隱忍什麼。果然，見到女兒的「男朋友」還是不可能平靜吧。

「你叫什麼名字？」她爸忽然說。

「祝恆。」他平淡地望著男人，想一下，還是做了解釋：「祝福的祝，永恆的恆。」

「喔！倒是挺正面的名字。」

祝恆不明白他想說什麼，正想著有什麼好話可以講，下一秒，一個強勁力道忽然朝他臉上砸過來！

「祝恆！」姚朵大驚。

祝恆跌在地上，嘴角有受傷的痕跡。偲穎也嚇到了，站在原地動也不動。姚朵想衝過去扶他，但白毓琮拉住她的手。

一回頭，白毓琮對她搖頭。

她爸雙手環抱自己，挑眉說：「才十幾歲的孩子就敢勾搭我女兒，你膽子也不小。」

祝恆沒說話，陰惻惻地站了起來。姚朵很擔心，依祝恆的脾氣，絕對會跟眼前這大人打起來的！

「瞪什麼？沒吃點苦就想把別人辛苦扶養的女兒，你以為天下有這麼好的事？」

祝恆別過了目光，沉鬱的氣息在他眼中醞釀。

「祝恆……」姚朵忍不住動了腳步。

忽然，他正視了她爸，萬千思緒在那一瞬歸於平靜：

「叔叔，瞞著您跟她在一起我很抱歉。不過，打了這一下，您就放過她吧。」

所有人都愣住了，看著祝恆最引以為傲的王者姿態漸漸彎下。他對她爸鞠躬，在男人呆住的那一刻用誠摯照耀他。

他果然是太陽……

耀眼得讓她眼眶發疼。

「幹什麼？你什麼意思？」

祝恆還是彎著腰，「偲穎的課業壓力太大了，所以她才會尋找紓壓管道。如果您可以讓她稍微喘口氣的話，相信她不只成績會進步，也不會多出這些事情讓您煩惱。」

「就算是這樣，這種年紀交男朋友也——」

「我們會分手。」祝恆抬起頭來，眼中盡是堅定，「這是我跟她的共識。等我們都考上理想學校，再來考慮感情的事也不遲。」

「……」她爸沉默了。

姚朵發著愣，還在訝異祝恆的變化。一向暴躁、高傲的他，竟然為了偲穎彎腰道歉……

她望向偲穎，對方的目光一閃一閃，幾分紅潤，幾分遲疑。似乎，有什麼漸漸在她的心中發芽了。

她咬住了唇，低下眸子。

在姚朵終於靜下心來的時候，一群人已經上車了。她坐在窗邊的位子，看車窗搖了下來。偲穎站在車子外面，頭探進來，笑著跟祝恆說：

「祝恆，我真的不知道要怎麼感謝你才好。」

「要感謝本大爺的話，就別再說這些有的沒的。」他坐在姚朵旁邊，平淡地瞥她一眼。

她點頭，「啊，你的傷還好嗎？」

「小傷而已，哪可能傷得了我。」

「嗯……」偲穎見她爸已經在身後叫她，她連忙說：「朵朵、毓琮，也謝謝你們特地過來關心我。」

「不用謝啦！」姚朵扯了一下嘴角，白毓琮也對她點頭。

「那我先回去了喔！啊，對了，祝恆你剛才真的很帥。」

祝恆頭也沒回，「那是當然。」

「我好像有點迷上你了。」她呵呵笑。

三人一驚，同時轉過頭看偲穎。見狀，偲穎連忙笑著擺手：「我開玩笑的啦！那，明天見了。」

「明天見……」

她進屋之後，姚朵忍不住看祝恆的側臉。那傷口說大也不大，但看起來還是有點明顯。

「看什麼？連妳也要囉嗦嗎？」他挑眉。

「不、不是啦！」姚朵別過目光，隨意換了個話題，「啊，偲穎她爸什麼也沒說耶！我們真的有解決這件事嗎？」

「妳以為那些食古不化的大人會那麼容易想通嗎？冷靜下來就好，接下來再看著辦吧。」

「喔……」

看她藏有心事的臉，他雖然看不懂，還是把她抓過來揉揉頭髮。下一秒，他又枕在她的肩上，完全無視身旁白毓琮的驚悚目光。

不過，這次姚朵沒時間害羞了。

她的心裡，一直反反覆覆地想著一句話。

——我好像有點迷上你了。

偲穎說那是開玩笑，祝恆也根本就沒有放在心上。可是，她怎麼……

怎麼開始感到害怕了？

白毓琮：我承認他是個有肩膀的男人，不過，也常常讓他喜歡的女生傷心。

03

「朵朵，妳再發呆，小心本大爺把妳當成排球打出去。」

回過神，祝恆在她身邊拿著排球，惡聲惡氣地說。

「咦？」她睜大眼。

「咦什麼咦！換場地了啦，走。」他一把抓住她手，拖著她到對面場地。

「啊，等等……」她勉強笑笑，「我想休息一下。」

祝恆挑眉，「不舒服？」

「也沒有啦！換別人上場吧，我想坐著。」

「喔。」

祝恆也沒多問，她倒是慶幸。走到場地旁邊坐下，姚朵望著他活躍的身影，忽然覺得更悶了。

奇怪，她在悶什麼？不過是替偲穎解決麻煩而已，她有必要這麼介意嗎？

她嘆口氣，眼一抬，看見本來在走操場的白毓琮也朝她這裡走過來。

「毓琮，你不是跟偲穎在走操場？她人呢？」

「去上廁所了，說等等過來。」他在她身邊坐下。看了她好一會兒，才決定問：「朵朵，妳心情不好？」

「有、有那麼明顯嗎？」

「嗯。」他望向前方，「從那天之後妳一直悶悶的，就算過了一個暑假也還是這樣，我有點擔心。」

原來毓琮有注意到。都已經是暑假前的事了，他還記得那麼清楚。

「偲穎最近怪怪的。」他忽然說。

「哪裡怪？」

「剛才一直問我對祝恆的看法，她以前不會這樣。」

她一愣，心變得更沉。

毓琮看她，「妳說，她會不會喜歡上祝恆了？」

「我不知道……」

「不過，在我看來似乎又沒那麼簡單。」他慢慢思索，「總覺得她還在顧慮什麼。」

「顧慮我吧？」姚朵笑笑，笑容卻不是那麼真心。

「也有可能，但我覺得不是。」他輕聲說：「偲穎是個很溫柔的人，不過，有太多事情都藏在心裡，很難了解。要知道原因的話，也只能去問她了。」

「嗯……」

他拍拍她的肩，「妳還是開心一點吧？模擬考又快要到了，高三很忙，不能因為這點事影響心情。」

「我知道。」她伸直雙臂，勾起一抹笑，「謝謝你，毓琮。」

毓琮給她一個溫暖的笑。後來偲穎也來了，她坐在姚朵旁邊，三個人一起看班上打排球。高三了，體育課也沒了考試，大多是採現在這種放鬆的模式，自己想玩什麼球就玩什麼球。

當然也會有人不想運動，選擇走操場，就像毓琮和偲穎。她跟祝恆通常都會一起打球，這一點，讓她覺得自己跟對方有比較多的共同興趣。

不過，偲穎跟祝恆討論功課的時候，她就插不上嘴。

「朵朵，最近我爸媽對我比較好了。」偲穎忽然說。

她一愣，連忙說：「是、是嗎？」搞什麼，剛才她竟然在心裡默默比較偲穎跟自己！

「嗯！比較沒再管我，有些事也會問我的看法，不過，還是得維持好成績才行。」她笑笑，「即使如此，我還是覺得比以前輕鬆很多了。」

「那真是太好了！」她真心為她高興。

「嗯，這都要感謝你們。」說完，她望向正準備發球的祝恆，「尤其是祝恆。」

見她提起祝恆，姚朵忽然不曉得該怎麼接話。

偲穎似乎沒發現她的異狀，「那一天，祝恆為了我的事挨了我爸一拳，我真的很感動。直到現在，我還是想不到該怎麼報答他。」

「依祝恆的個性，應該不希望妳煩惱這個。」

偲穎呵呵笑，「是啊！這也是他的優點之一。仔細想想，他雖然嘴巴很壞，但優點也不少呢！」

這件事，她國中就知道了。姚朵無端覺得心酸，下意識別過目光。

「喂！那邊的小心球——」

身後響起咆哮，還沒來得及回頭，那顆籃球已經朝兩個女生砸過去！

那一刻，毓琮抱住了她。

「哇啊！」她跟偲穎一起大叫。

回過神時，姚朵才發現毓琮用背替她擋下了球。她連忙問他有沒有事，毓琮摸了摸背，笑著搖頭。

祝恆也發現了，他丟下排球衝過來，蹲在姚朵前面問：「喂！妳有沒有被砸到？」

「沒有，毓琮擋下來了。」她搖頭。

祝恆瞥他一眼，也沒說什麼，但下一秒就站起來罵人。他把那些打籃球的罵得狗血淋頭，罵夠了才回到姚朵身邊，一下子把她抓起來。

「別坐在這邊，一不小心又會被砸到。」

「喔……」

毓琮也跟著站起來，走沒幾步，他們發現偲穎還坐在原地。

「偲穎，不換地方坐嗎？」姚朵疑惑地問。

那一秒，她的眼中閃過疲憊。姚朵眨了眨眼，不確定自己有沒有看錯。

「我有點不舒服，去一下保健室。」她說。

「咦？我陪妳去吧！」

「沒關係啦！只是生理期，稍微休息一下。」她笑著拒絕。

「……好，那我幫妳跟老師說。」

「謝謝。」

等偲穎走了之後，他們才繼續往另一邊走。

想了想，祝恆若有所思地說：「怪了，最近偲穎那傢伙不大黏妳。」

姚朵沒說話，她還在思考方才偲穎的疏離。

「妳們女人生理期的時候都會陰晴不定嗎？」

「才不是那樣。」她扁嘴。
祝恆笑了，輕輕地揉了揉她頭髮。她按住自己的頭，沒來由地感到心一動。
她知道，無論她跟偲穎之間發生什麼事，她都無法放棄喜歡他。

徐偲穎：同樣的遭遇，他護著她，他關心她。那麼，我呢？

04

躺在床上的時候，她深深皺著眉。
她早已知道事實，但親眼看見那畫面還是大受打擊。
「唉。」她嘆氣，難得耍起任性，今天的課都不是很想上了。
「嘆什麼氣？」
她愣一下，發現是祝恆。他仍然是那張高傲的臉，眼中卻藏著關心。
「朵朵沒來？」她看了一下他身後，沒有人。
「本大爺沒告訴她。」祝恆瞥她一眼，「妳還好吧？」
「呵，沒什麼事啦！只是坐著腰很痠，想說來躺一下。」
「喔。」
「祝恆，你可以先回去沒關係。」
「本大爺想走的時候就會走。」
「呵呵！你還是一樣。」

「怎樣？我這樣很自在。」他皺眉，「倒是妳，不想笑的時候就不要笑，搞得這樣皮笑肉不笑，本大爺看了也不舒服。」

偲穎愣了一下，還是揚著笑，「什麼意思？」

「意思是心情明明就很不好，幹嘛逼自己笑？」

「我看起來心情不好？」

「妳當我們都瞎了？」他挑眉，「還有，朵朵那傢伙也是，不過她都寫在臉上，很好猜。」

「是啊！她也是這一點可愛。」偲穎笑著低頭，「……如果我也能像她一樣坦率就好了。」

他看出她的低落，忽然走近她，認真地說：「喂，我問妳一件事。」

「嗯？」

「妳對本大爺是什麼感覺？」

她愣住，沒幾秒就笑了。果然是祝恆，這麼直接。

「笑什麼？妳當我很想問？」他大嘆一口氣，「要不是某人總是一張屎臉，我也懶得管。」

「呵！朵朵嗎？」

「不然？」

「祝恆，你放心。」她微笑，眼中卻藏著異樣情緒，「就算對你有好感，我也不打算介入你們。何況，我想那只是一時的情緒，並不是喜歡。」

「妳確定？」

「我確定，因為……」想了一下，她還是不說了。「總之，你可以要她放心。」

他挑眉，「妳們女人講話很愛講一半。算了，大爺我不想管。」

「嗯。」

「那我回去了，妳自己好好休息。」揮了下手，他就走出保健室。

「祝恆！」

「怎樣？」他回頭。

「你跟毓琮……真的都很關心她的事。」她輕笑，「剛才在球場的時候，他也告訴朵朵這件事了。還有你，專程跑來這裡問我。」

「我說，妳也別太妄自菲薄。」

「啊？」她不懂。

「白毓琮會告訴她，大概也是擔心妳吧？暑假之後，妳變得跟以前不大一樣，有時候看起來很累，有時候又像是在思考什麼人生大事。還有，本大爺會來這裡，除了是要問妳那件事之外，也是來看妳有沒有好一點。」

這一大串話說得她一愣一愣，她還沒回神，祝恆便綻放自信的笑。

「那隻狗很重要沒錯，不過妳也是我們的朋友，這種事應該不用大爺我一直強調吧？」

「祝恆……」

「好了，感動的嘴臉收起來，我要回去上課了，掰。」

她什麼也沒說，對他笑了。

出了保健室，祝恆撞見那兩人在外面交頭接耳。火大的是，那傢伙還靠那隻跟屁蟲很近，不知道在他耳邊說什麼。

他青筋一爆，覺得自己有必要找時間好好調教她。

他走過去，一把扯住姚朵的手，將她拉退白毓琮好幾步。姚朵撞上他冒火的目光，還傻傻地一愣一愣。

「你們在這裡幹嘛？」

「我不知道你去哪了，毓琮猜說有可能在保健室，所以就來看看。」姚朵小聲說。

「來了不會出聲嗎？鬼鬼祟祟的。」

「哪有！」

他懶得跟她辯，直接把她抓回了教室。當然，白毓琮在路上不小心刮花了好幾個磁磚。

「祝恆，偲穎她還好嗎？」這學期她坐在他左前方，上課講話不是那麼方便了，她只好趁著下課問。

「她說沒事。」

「喔，那你……」

祝恆直接打斷她，「我問她是不是喜歡我。」

「咦？」姚朵大驚，大人您也太直接了吧！

「咦什麼？」他彈一下她額頭，「總之她說沒有。」

「……沒有嗎？」她下意識確認。

「沒有就是沒有，哪來那麼多懷疑？」他站起來，快狠準地掐住她下巴，「這樣，妳可以放心了吧？」

她臉一紅，什麼話都說不出來。

祝恆笑了一聲，從背包拿出一個布丁，「給，這個月的飼料。」

「耶！」她一秒忘記羞澀，還邊說：「你好久沒給我這個了。」

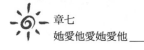

「嗯，快冬天了，我家比較忙。」

「啊？」那有什麼關聯？

「本大爺沒說過嗎？我家開五星級溫泉旅館，我姐在旅館裡面開甜點店。」

甜菓子竟然開在旅館裡面！不、不對，祝恆家竟然是開五星級旅館的！難怪那麼有錢。

「怎樣？想去嗎？」他挑眉。

「泡溫泉嗎？」

「不然？」

「可、可是……」她開始扭捏，「泡溫泉是男女分開嗎？」

他傻眼，「妳是沒泡過溫泉嗎？問這什麼廢話？裸湯當然是分開的啊！房間裡也有，可以自己泡。」

姚朵覺得自己像鄉巴佬，「喔，知道了。」

「妳想跟本大爺泡也可以，我不介意。」他笑得狂妄。

「才不要！」她會介意啊！笨蛋！

「嘖，不用拒絕得那麼快。」

「……」

祝恆沒理會變成一顆紅蘋果的她，逕自說：「不然，寒假一起來玩吧？找偲穎一起，她可以跟妳住同一間房。白毓琮的話，要是他這陣子沒再惹本大爺，可以勉強找他一起去。」

「去哪？」白毓琮從身後冒出來。

「嚇！不要老是突然冒出來好嗎？」祝恆又踢了一下桌子。

「祝恆，你剛才說要去哪裡？」偲穎也回來了，她滿臉笑意地問。
瞥了他們一眼，祝恆說：「來我家旅館泡溫泉，去不去？」
「哇！當然要去啊！」偲穎很興奮。
白毓琮望向姚朵，「朵朵，妳去嗎？」
「嗯！沒泡過溫泉，好像很好玩。」
「……那我也去。」
祝恆挑眉看他，「你這小子別給我溜去女生房間偷看。」
他陰惻惻地說：「我才不像你。」
「我怎樣？說清楚啊你！」
「不想解釋。」
見他們又要吵起來，姚朵連忙拉住白毓琮的手，連拖帶拉地將他帶離現場。祝恆靜靜望著那兩人背影，不悅地蹙緊了眉。
看來，該找時間跟那隻狗說清楚了。

祝恆：給了時間還不好好把握，只好由本大爺出馬了。笨狗，到底還想讓我等多久？

05

那次的模擬考，姚朵簡直無法直視那分數。
祝恆的臉更青，他把成績單丟在她臉上大罵：「妳考這樣上個屁體院？過來，告訴本大爺妳為什麼選這個答案？四選一，還可以全部選錯？」

「哪有全部都錯！」至、至少還有分啊。

「差不多啦！」他受不了，「喂，假日給本大爺空著，別想給我出去玩。」

「咦？要幹嘛？」

「本大爺大發慈悲幫妳補習。」他居高臨下地望著她，那張臉還是一樣高傲，「還不跪下謝恩。」

是、是，給您跪了還不行？但可以不要嗎？

那位大人的補習鐵定是斯巴達教育啊！

祝恆哼了一下鼻子，「妳最好有點心理準備。」

她心理準備一千遍還是不夠啊嗚嗚！

不過，她從來無法反抗那位大人的決定。那個週末，祝恆把姚朵帶到家裡，說是去圖書館的話要太早起床，他不想凌虐自己。她望著他，覺得他明明就是起不來。上次去圖書館，她可是打了十通電話叫他耶！

「走快點！明明就有四隻腳，還走得比烏龜慢。」他拿出感應卡，嗶一聲把門打開。

「我才沒有四隻腳！」她邊回嘴邊跟上。

一進門，有一男一女在門口迎接，看起來都五十多歲，但不像是祝恆的爸媽。祝恆只對他們點了一下頭，便逕自往左走去。姚朵匆忙地對他們鞠了一下躬，小跑步跟上祝恆。

「祝恆！」

「怎樣？」他邊打開房間門邊問。

「那兩個人是誰？應該不是你爸媽？」畢竟長得一點也不像。

「當然不是，那是我家幫傭。一個是女僕，一個是管家。司機偶爾會住在這裡，但他剛才好像出去了。」

哇！不愧是有錢人家，不過……

「你爸媽呢？」

祝恆在旋身進門的那一刻回頭看她，微微挑眉，「本大爺不是跟妳說過我家開溫泉旅館？我爸媽都在旅館那裡，還有我姐，他們兩個禮拜回來一次。」

「咦？他們很少在家嗎？」

「旅館開在山上，妳以為離這裡很近嗎？那也是沒辦法的事。」他催促她，「快點進來。」

「喔……」

她進了房間，還是有點緊張。這裡是祝恆的房間耶！跟他認識了五年多，這還是第一次看到。

不過，祝恆果然有潔癖。房間打掃得很乾淨，而且也沒放什麼擺設，除了那個大得過分的全身鏡之外，就只有床跟書桌。嗯，很像他的風格。

「妳在想什麼？快坐下，把課本拿出來啊。」

「好啦！」她的確忘了自己是來被摧殘的。

幾個小時後，姚朵趴在桌面上哭天搶地，活像被劫財劫色一樣。

祝恆一邊替她看答案一邊罵她，說她真是朽木，怎麼教都沒有起色。

「那就先休息一下嘛！我好累喔。」

「才寫幾題就累？妳體力有那麼差嗎？」

「差透了！差透了！」她從手臂中露出一隻眼睛看他，「祝恆，為什麼你都不用看書？好羨慕喔。」

「這就是神跟狗的差別。」

「……」

「不過，本大爺從國一開始幫妳看作業，妳那智商讓我幾乎每一題都要重新寫一遍，也算練習吧。」

「這是感謝還批評啊？」她不滿。

他笑了，「是妳要感謝本大爺才對。」

望著她，祝恆似乎還要說什麼，但女幫傭拿了一個蛋糕進來，看得姚朵忍不住衝上去搖尾巴。他看著她的樣子，忍不住又笑。

「慧姨，妳怎麼知道她喜歡吃甜的？」祝恆順道問。

「小姐回來的時候，您不是每次都跟她要店裡的甜點？有一次我聽到了，您說是要給女孩子的。」

女幫傭眼珠一轉，放到姚朵身上，「……我猜應該是這位小姐？」

要給女孩子的？姚朵望向祝恆，而對方別開目光，耳根似乎有一點紅。

「呵呵，我先出去了。」雖然得不到回應，但她還是笑著走出去了。

「看什麼看！」他煩躁，內心還很難為情，索性唰地站起身，「我都看完了，妳繼續寫下一章，本大爺要睡一下。」

「啊？還要寫喔！」

「廢話，寫完再叫我。」

她看著他倒入柔軟床鋪的樣子，忍不住扁起嘴。

不過，他害羞的時候很可愛。姚朵笑呵呵地翻開下一頁，開始認命地寫。

床上，祝恆悄悄側過身來看她，但她沒有發現。其實，今天會約她並不是只想讀書而已，他還想告訴她一件事。只是，這埋在心裡的話，他也不曉得該怎麼說出口。那隻狗很笨，還很容易害羞，她能聽懂自己的意思嗎？

不管了，她沒道理聽不懂。

只要……說出那句話就可以了吧？

那句話……

空氣很靜，祝恆在這溫柔的氛圍中不小心睡著了。姚朵注意到他轉向自己的臉，注視一會兒，便滿足地揚起微笑。

雖然唸書很討厭，但有他在身邊，真是太好了。

姚朵：後來？我沒叫他，祝恆這個人只要一睡著連世界毀滅也不會醒。不過，晚餐時間他就醒了。對了！他家幫傭的廚藝真好。

章八

多一點困擾的十八歲

01

姚朵爆發了她的小宇宙，破天荒從永遠的班排三十幾名衝到二十一。祝恆看著她成績單，覺得這傢伙總算從朽木變成樹。不過，要成為神木還是差得遠。

班上同學都很訝異她的變化，那幾天，祝恆總炫耀自己多會教。

「祝恆大人，你不是說你只教人類嗎？」幾個狼女又纏了上去。

最近這幾個傢伙沒纏著他，他的確是鬆懈了，那一刻才覺得熟悉的噁心感又出現。

「對啊！姚朵不是你的寵物嗎？」她們開始偷摸小手。

祝恆懶得應付她們，抓著姚朵的手就走。走沒幾步，她忽然停下來。

「怎樣？」

「我覺得應該要說清楚，不然你老是被纏，不煩嗎？」

他挑眉，正想說那太麻煩，姚朵已經回頭去找那些女生。他愣一下，看他養的小不點又衝到最前線。

「妳們別一直纏著他比較好。」她劈頭這句話，那些女生一時還摸不著頭緒。

「啊？叫我們別纏祝恆？」

「他很不高興。」

「哎！他那是傲嬌啦，妳當他寵物那麼多年還不懂嗎？」狼女呵呵笑。

傲嬌？誰傲嬌了！別把那麼娘的詞用在他身上！祝恆暴怒。

姚朵呆了幾秒，似乎在思考「傲嬌」的定義。祝恆忍不住了，直接上前把她撈走。

「祝、祝恆我還沒跟她們——」

「不用說了，反正她們聽不懂。」見她一臉擔憂，祝恆靠近她的臉，粗魯地捏了下她，語氣卻很溫柔：「擔心什麼？大爺我連看都不會看她們一眼。」

姚朵臉一紅，倒是不再掙扎地就這麼被撈走了。

身後，那群狼女看了嘖嘖稱奇：「喂，他們兩個好像怪怪的。」

「我早就注意到很久了，肯定是出現什麼化學變化。」

「哇，難道本班第一對班對要誕生了嗎？」

當事人沒聽見流言蜚語，把姚朵拉到座位旁邊後，祝恆就叫偲穎跟白毓琮過來。他手一拍，面容高傲地說：

「你們寒假給我好好準備，本大爺有時間就出發。」

他們知道他在說溫泉的事，兩個女生難掩興奮地歡呼。看她們高興，祝恆嘴角一揚，又開始說：「記得帶泳衣，有大眾池可以泡。還有，最近是溫泉旺季，我爸媽還特別留給我們三間房，你們那天要好好感謝本大爺的爸媽……喂，到底有沒有在聽啊？」

姚朵很開心地拉著偲穎轉來轉去，白毓琮在後面邊看邊笑。祝恆無奈地望著她們，不久，也揚起了笑。

不過，祝恆沒猜錯，姚朵果然沒在聽。

當天，車子已經行進在山路裡時，姚朵才發現只有她沒帶泳衣。

「咦？為什麼要穿泳衣！不是在房間泡嗎？」

「笨蛋！有大眾池啊！本大爺不是有說過？」

「你不是說男女分開！你騙我！」她淚眼汪汪。

「誰騙妳了！妳這隻笨狗！大眾池跟裸湯不一樣好嗎？」祝恆放棄跟她溝通，「算了，等一下妳去旅館裡面的商店買一件。」

「呃，我沒有帶很多錢……」

「本大爺出錢行了吧？別再囉嗦了，不會暈車的都被妳搞到暈車。」說完，他再度枕進她肩窩，決定好好休息。

姚朵的嘴裡邊唸著貪財、貪財，邊開始用手機打發時間。她坐在後座的中間，沒辦法看到太多風景，只好這麼做了。

毓琮點了點她左肩，她一望，聽他低聲說：「用手機會暈車。」

「啊，也是。」

「他很重吧？」他目藏青光。

「呃……還好啦！」還好祝恆睡著了，不然又要世界大戰。

「朵朵，妳沒泡過溫泉吧？」

「沒有，你呢？」姚朵看了一下前座，偲穎也在閉目養神。

山路開久了，她的確也有點暈了。

「小時候我爸媽有說要帶我去。」他望著前方，「雖然最後沒去，不過，我竟然還記得這件事。」

姚朵偏著頭笑，「毓琮，你很想跟爸媽去吧？」

「嗯。」他抬眼，輕輕地笑起來，「也想跟你們去。」

「我也是！一想到這三天兩夜就覺得好興奮啊。」

毓琮以溫暖的笑回應她。不久後，他們也閉上眼睛休息，靜靜等待到達目的地的那一刻。

最後，姚朵是被祝恆叫醒的。她眼皮一掀，就撞見他放大的臉在眼前，她臉紅，退開的時候還檢查一下自己有沒有流口水在他領口。

奇怪，她記得她明明就坐得很端正，怎麼醒來時是倒在他身上？

「睡得倒是挺熟的，像隻八爪章魚一樣黏著本大爺。」他鼻子一哼。

「真、真的嗎？」她大驚，臉頰開始變紅。

「懷疑嗎？本大爺睡得正香，妳整個人撲過來，爪子摸來摸去，只差沒流口水在我身上。」

「……」她好想消失。

偲穎笑著拉開她，「祝恆，別鬧她啦！我們快進去吧。」

「嘖，到底誰才是主人。」但他也不介意，領著他們就往溫泉會館走。

祝家的溫泉會館不同於一般民宿，他們是打造成五星級飯店的形式，裝潢時尚華美，環境一片燈火通明，跟祝恆這個人的感覺一模一樣。不過，未來他也不會在這裡工作吧？他有自己的夢想。

如果她的夢想能離他近一點就好了。

「入住之前，去看個妳喜歡的東西吧。」祝恆跟她說。

「我喜歡的東西？」

祝恆沒說話，拉著她走了一會兒，粉嫩的招牌便撞進她眼裡——

「是甜菓子耶！」她雙眼放光，絲毫未見那名女店員朝他們四人走來。

「嗨！歡迎你們來。」

溫婉的嗓音響起，姚朵一回神，便看見那張與祝恆相似的美麗臉蛋靠近了自己。

她親暱地撥了下姚朵的髮絲，眼底的笑就要滿溢：「……妳就是姚朵，對嗎？」

白毓琮：跟家人變得親密，一直以來都是我的夢想。不過，這幾年來，你們也成了我的夢想。

02

除了被祝恆調戲之外，姚朵還真沒想過會被祝恆的姐姐調戲。

可是，事情就是發生了。

「好可愛唷！真的很像紅貴賓耶！」

姚朵呆住了，不知道該替自己的種族辯護才對，還是乖乖任她宰割比較好。

「姐，別一直弄她。」祝恆看起來很不耐煩。

「嘻，小恆吃醋了嗎？」祝恆的姐姐捏住他的臉，用力搓揉。

其他人看得心驚膽戰，平常要是有誰敢這麼對祝恆就準備死到冥王星。

不過，還好那人是祝恆的姐姐。

「說過多少次了，不要揉本大爺的臉。」說是這麼說，但他也沒掙脫。

難道！難道祝恆的弱點是姐姐？

三人面面相覷，眼神傳遞著同樣的訊息。

「嘿嘿！誰叫小恆不管長到幾歲還是這麼可愛嘛！」姐姐大人終於罷手，開始介紹自己：「你們好，我是小恆的親姐姐，名字叫做祝詠。名字有點像男生對吧？哈！你們叫我姐姐就可以了。我在這邊開了甜點店，可以來看看喔！我打八折給你們。」

「謝謝姐姐。」

「不謝、不謝！啊，小朵！叫妳小朵可以嗎？之前我還在經營網路團購的時候，妳每個月都會訂一盒回去吃對不對！我記得妳名字喔。」祝詠轉向姚朵，嘰嘰喳喳地說個不停：「而且啊，小恆每次都會跟我要店裡的東西，說是要給妳的，沒給他還會生氣耶！所以我對妳的印象更——」

「喂！姐妳跟慧姨怎麼都那麼囉嗦啊！」祝恆氣得打斷她。

「有什麼關係？你這麼用心，一定要給她知道啊。」

「走了！我們去放行李。」見姚朵還在發呆，祝恆大吼：「朵朵！別發呆！」

「等等啦！小恆。」祝詠快步走了過來，溫柔地張開雙臂，「我好久沒看到你了，抱一下姐姐吧？」

其他三人用奇妙的眼光看他，祝恆的嘴角狠狠抽了幾下。

「怎麼了？我們平常不都會先抱一個嗎？」

他們開始竊笑。祝恆的理智線斷了好幾根，最後還是由姐姐大人主動抱他，才結束這一回合。路上，姚朵回想祝恆那張不情願的泛紅臉龐，忍不住笑得花枝亂顫。祝恆的眉一挑，一巴掌又拍在她頭上。

房間的確是照原本的安排，姚朵跟偲穎住同一間，祝恆跟白毓琮各睡一間。雖然這對處在旺季的溫泉會館來說很奢侈，但為了不要發生世界大戰，也只能這麼做。何況，那兩人大概寧願睡路邊也不願意睡一起。

放下行李後，四人就去拜見祝恆的爸媽了。他們雖然很忙，但也抽空跟兒子的同學打了招呼，尤其是姚朵。

姚朵當然不知道自己被祝恆的姐姐賣了，四人一離開，祝家父母就叫來姐姐，一家人興奮地討論著未來媳婦，也不管人家到底在一起了沒有。

兩個男生去換衣服了，這時偲穎拉住姚朵：「朵朵，妳不是沒泳衣嗎？去買吧！」

「對喔！得趕快買。」她跟著偲穎往販賣部走。

她決定隨便買就好，免得太花祝恆的錢。可是，祝恆的姐姐卻在這時拿了好幾件色彩繽紛的泳衣給她。

「姐姐？妳不是在——」

「我叫工讀生顧店了，來幫小朵選個好泳衣。」她的笑比偲穎更溫柔，卻讓人更難以推拒，「來！這件鵝黃色的很適合妳，也跟妳的髮色很合襯喔！啊，藍色也不錯，小恆最喜歡藍色了。」

「啊？」她臉一紅。

「真的，妳聽我的準沒錯！那傢伙喜歡甜美性感的款式，所以不能選太可愛的，不然他看不上眼。不過，小朵穿什麼他應該都會喜歡吧？嘿嘿！」

「姐、姐姐……」她的臉都要比溫泉還熱了。偲穎在一旁竊笑，但她沒那個心情。

「怎麼了？我可是從小觀察他喜歡的明星類型才得出這些線索，妳照做就對了。」

她的聲音小到沒人聽見，「……不是那個問題啦。」

最後，姚朵買了兩件式的鵝黃色泳衣。上半身是比基尼，下半身勉強還有短裙能遮。祝詠還自掏腰包送她一件水藍色的，說如果黃色的不行就換藍色，一定要在今晚攻下他。

攻、攻什麼啦！姚朵又再一次炸毛。

「對了，妳跟祝恆都滿十八了，真好。」換好泳衣時，偲穎若有所思地說。

「好什麼？」她瞪大眼。

「呵呵！我只是有感而發，妳那麼大反應做什麼？」她笑了，「你們兩個生日都在一月不是嗎？」

「對啊！」而且她跟祝恆的生日才差沒幾天，班上在一個禮拜之內就唱了兩次生日快樂歌。

「感覺可以做的事變多了。」

「也還好，其實我覺得沒什麼變化。」姚朵抓了抓頭髮，「尤其是每天都能看見你們，就有種還在讀國中的感覺。」

「讀國中？朵朵，妳太誇張了。」

「真的啦！我覺得我們一輩子都不會變。」她揚笑。

「……不會變嗎？」偲穎笑著，聲音卻變小了，「嗯，我也這麼希望。」

「啊，看見毓琮了，我們快過去。」

姚朵拉著她往前跑，在池邊的白毓琮先看見她們。一見姚朵的穿著，他的眼睛亮了一下，才不自在地移過視線。

「祝恆呢？」她問。

「在那邊跟熟客講話。」他指向池子中央，「先在這裡等他吧。」

兩個女生也下了水，熱燙的泉水刺得肌膚微微發疼，卻又非常舒適。姚朵泡在溫泉裡，開心地呼出幾口熱氣。

偲穎似乎很習慣，在水中輕輕撫了下手臂。

「妳泡過溫泉嗎？」毓琮隨意問她。

愣一下，偲穎看他，才露出一貫的笑，「嗯，我媽很喜歡泡，常常帶我去。」

「真好。」

「毓琮，你總是羨慕我呢！不過我也很羨慕你。」偲穎將髮絲勾到耳後，「還真是奇怪，呵呵。」

姚朵還在聆聽那兩人的感觸，下一秒卻發覺自己被一隻手撈了過去。她睜大眼，祝恆狂妄的笑近在眼前。

「不愧是妳，站在水裡只剩一顆頭。」他的手放在她毫無衣物遮掩的腰上，「妳怎麼有辦法長得這麼小隻啊？」

「你從哪裡冒出來的啦？」

她下意識推開他，但這下子更慘，對方光裸的上半身一覽無遺。她無力再看，撲通一聲又泡進溫泉中。

明明是冬天，怎麼她的太陽還是這麼耀眼呢？

祝恆：問我喜歡黃色還是藍色？呃，今天大概喜歡黃色。啊？你管本大爺喜歡什麼顏色！

03

那天晚上，那四個小鬼頭居然跟大人打起牌來了。

更扯的是，祝恆的爸爸叫了啤酒來喝，還要他們一起喝。

「大爺我滿十八了，也沒什麼不行。」祝恆率先開了一罐。

「咦？你真的要喝嗎？」

他瞥了姚朵一眼，「妳也喝吧！都滿十八了，我爸肯定不會放過妳。」

「偲穎跟毓琮也喝吧！喝幾口沒關係的，你們也快十八歲了。」他爸還在慫恿，「打牌就是要喝酒才好玩。」

那兩人也快過生日了沒錯，但這麼光明正大好嗎？

「不然你們喝點蘋果西打吧？」祝詠替他們倒了飲料，笑咪咪地說：「小心別喝錯囉！」

姚朵看著那顏色根本一模一樣的液體，覺得姐姐就是存心要他們喝錯。

「今天你們來了，我真的很高興。」祝恆的爸爸勾住祝恆的肩，「我們小恆平常就很嘴硬，但我也看得出來他今天很高興。所以，你們一定要盡情地玩喔！玩完這一次，再好好應付考試吧。」

「好！」三人異口同聲地笑。

祝恆掙脫老爸的魔掌，「誰嘴硬！你這老頭年紀大了連話都亂講。」

「小恆，怎麼這樣跟爸爸說話？」媽媽雖然教訓他，但眼中盡是笑意，「你講話沒大沒小，我跟你爸還很擔心你娶不到老婆，但看來我們是白擔心了。」

姚朵接收到有意無意的曖昧目光，用手搧了搧風，假裝沒看到。

「擔心什麼？一向是本大爺挑人，哪有什麼娶不到老婆的道理。」他的重點在這裡。

「伯母，祝恆他在學校很多女生喜歡喔。」偲穎替他平反。

「雖然我也不理解原因，但的確是這樣沒錯。」毓琮的證詞不知道是褒還是貶。

「……」姚朵沒說話，但困擾的眉說明了一切。

姓祝的一家人總算是信了，又開始吃吃喝喝地打起牌來。

晚上十一點，祝恆的媽扶著他爸到房間休息。祝詠也跟他們道別，身子搖搖晃晃卻依然優雅地回了房。

不妙的是，白毓琮不小心喝了一口啤酒，而且馬上醉了。他坐在椅子上胡言亂語，姚朵看了直搖頭。

「我頭也有點暈，剛才盛情難卻地喝了兩口。」偲穎摸著頭，「看來我不適合喝酒。」
「這傢伙比妳更不適合。」祝恆也看著白毓琮，嫌惡地說。
姚朵沒有喝多，臉很紅，但大致上無礙。祝恆的酒量似乎很好，一點影響也沒有。
「我扶毓琮回房間吧！我看他還可以走，只是神智不清而已。」姚朵把他拉起來。
祝恆瞥她一眼，「嗯，本大爺要去洗澡了。」
「那我也先回房間。朵朵，妳再敲門進來。」
「好。」
他們各自回房，姚朵拉著白毓琮的手走，一邊走一邊聽見他奇怪的低語。雖然聽不懂在講什麼，但她覺得他有點可愛。到了房間，姚朵跟他要鑰匙，毓琮機械式地掏出來給她，害她又忍不住笑了。
安全把他送回房間後，姚朵正要出去，卻聽見白毓琮在身後嚷嚷。
「好熱喔！」
「啊？」好熱？這房間冷氣很強耶！而且現在是冬天。
但毓琮不管她，逕自把上衣脫掉。她臉一紅，連忙上前壓住他手。
「毓琮，你這樣會感冒啦！」
「好熱。」
「那你脫掉就趕快洗澡，沖一沖比較涼，洗完快睡。」
他的上衣掉到地上，而他用迷濛的綠瞳看她，「朵朵……」
「嗯？」
白毓琮靠近她，忽然把她抱住。她愣了，屏住呼吸一會兒，毓琮才慢慢退開，但手沒有放開她。他的目光很深，看得她什麼都說不出來。

濃烈的男性氣息纏繞著她，她才意會到……原來，毓琮真的是一個很有魅力的男孩子。

如果她不喜歡祝恆的話，或許也會被他吸引吧。

「……朵朵，我喜歡妳。」他輕聲說。

他的聲音拍打著心岸，四年多了，感動凝成她眼角的淚光。

「……嗯。」

「可是，我不行吧？」他斂下眸子，像是醉了，又像是沒醉。

她皺著眉，溫柔的力道使她疼痛。

他一直溫柔地守在她身邊，卻從沒讓她的心得到解放。或許，這一刻才是終點。

「毓琮……」她輕拍他背，交換了答案給他，「我喜歡祝恆，可是，還是謝謝你。你拯救了我很多次，有你在身邊，我很幸運。」

所以，她更希望他能幸福。

下一秒，白毓琮的身子倒向她，她來不及反應，被壓在地上。姚朵推了推他，才發現這孩子已經睡著了。

「所以他到底有沒有聽見我的回答啊？」她喃喃自語。

「喂！你們在幹什麼！」

祝恆闖了進來，不悅地望著她。她聳聳肩，表示自己很無辜。祝恆意識到是那隻跟屁蟲睡著了，便不耐煩地把他拖到床上。他當然一點也不溫柔，不過，白毓琮醉死了，完全沒反應就是。

「要不是本大爺先來看看，我看妳還要被他壓多久。」

姚朵吐吐舌，也沒說話。

「快回去洗澡，明天還要早起去別的地方玩。」祝恆推了她一把。

「祝恆！」

他正要回房間，被她叫住又回頭，「怎樣？」

都沒有話要對她說嗎？她的目光有一點寂寞。

祝恆當然看不出來，心想她是不是哪裡不舒服。

「沒事啦！晚安。」說完，她便跑向自己的房間。

「喔，晚安。」

他望著她走進房間，若有所思地盯著門看了好一會兒。他忽然很想擁抱她，很想讓她明白自己只能待在他身邊。

雖然他的確不喜歡沒斷乾淨的感情，不喜歡白毓琮老是纏著她，也不喜歡她沒跟那傢伙說清楚，不過……

跟不能擁有她相比，這些都不算什麼了。

祝恆：下一次獨處，妳最好給我做好心理準備，本大爺已經沒耐心了。

04

洗完澡的時候，偲穎已經睡著了。姚朵的酒意蒸發得差不多了，可是她覺得自己應該要早點睡。不曉得祝恆睡了沒？

她穿著浴袍，坐在床上擦乳液。

「砰！砰！」

忽然，浴室傳來撞擊的聲響。聲音不大，姚朵卻聽得很清楚。

「什、什麼啊？」她覺得毛骨悚然。

偲穎睡著了，怎麼叫她都沒反應。她擦完乳液，眼睛還是盯著那面霧玻璃。

「砰！砰！」

她又嚇一跳，好像看見奇怪的影子。怎麼辦？那到底是什麼？要過去看嗎？可是，如果那個是……

「砰！」

她嚇得屁滾尿流，連忙衝出房間，還邊說：「偲穎，對不起，我找人來幫忙啦！」

當然，睡美人偲穎根本沒聽見。

姚朵去找祝恆搬救兵，一開門，他就傻眼。

「妳連頭髮都還沒吹乾在外面亂跑幹嘛？」

呼，還好他沒睡，「我、我的房間有……」

「有什麼？」

「有東西在撞浴室的玻璃。」她忍不住抖了下，「偲穎睡著了，我很怕。」

「……妳真膽小。」他嘆氣，拉著她往女生的房間走。

一進門，他也聽見了那個聲音。但祝恆一向天不怕地不怕，直接就把浴室門打開。

膽小的姚朵站在門外等，沒過多久，就看見祝恆走出來。不過，什麼妖魔鬼怪都沒有，有的只是一隻貓。

怎麼會有貓啦！她剛才洗澡的時候沒看到啊！

祝恆的手中撈著那隻貓，面無表情地說：「我去找我媽處理，妳先在房間等。」

「我、我跟你去！」她的膽子就是莫名地小。

他也沒阻止她，把那隻貓送到了值班櫃台，還打內線電話叫他媽過來。

後來，他們才知道這隻貓是某房的客人從包包裡偷渡過來的，大概是姚朵沒把門關好，或是從哪扇窗戶溜進來的，總之，他媽向客人加收了費用，一切就算落幕。

姚朵跟在祝恆後面，一路安靜地回到房間。關門前，祝恆瞥了下她的表情。與其說像狗，倒不如說像隻嚇壞的兔子。

他不著痕跡地勾了下嘴角，拉住她的手：「妳還沒要睡吧？走，陪本大爺看電視。」

「咦？」她來不及反應，已經被拉進祝恆的房間。

電視還開著，剛才祝恆一直都在看嗎？她看他躺上床，神色平靜地操作遙控器。

「站在那裡幹嘛？過來啊。」

「喔……」她害羞，輕輕移動腳步。

等她在床上坐好，祝恆放下遙控器，從旁邊櫃子拿出吹風機，「差點忘了妳還沒吹頭髮。」

「我都忘了。」她看了下髮尾，都已經快乾了。

「過來一點。」

「咦？」

「咦什麼？本大爺要幫妳吹頭髮，還不感激地靠過來。」

她挪動屁股，害羞地把頭髮交給他。他開始幫她吹頭髮，動作俐落，似乎很熟練的樣子。等關掉吹風機，他才說：「小時候我姐很愛叫我幫她吹頭髮，她那一頭長髮才叫難吹。」

姚朵轉頭看他，他勾起嘴角，「妳長度剛好，本大爺吹起來也不費力。」

唔！這、這是稱讚嗎？

沒理會正在跟小鹿賽跑的姚朵，祝恆又陷入枕頭中，直盯著電視螢幕。她僵直著身子，不曉得手跟腳該擺在哪裡才比較不奇怪。她是不是意識過剩？可是，躺在同張床上她會緊張嘛！

「喂，幹什麼躲這麼遠？」他看她，一臉不耐，「妳不用擔心，本大爺對妳現在的身材沒興趣，快點過來。」

靠！什麼話啊！雖然矮了點，但她身材又不差！

看她一臉不高興，祝恆笑著把她撈了過去。她的臉靠在他肩窩，聞到他身上獨特的男性氣息。她臉一紅，心中洋溢著幸福。

她抬眼想看他，卻看見他脖子上的痣。

「祝恆。」

「怎樣？」他眼睛還黏在電視螢幕上。

「你記不記得國中的時候，有女生說你的痣很像船錨？」

「啊？好像有那麼一回事吧。」

「可是，我覺得不像船錨。」她不自覺伸手去碰，在祝恆望向她時，她彎起一抹甜甜的笑，「比較像皇冠！」

「……皇冠？」

「嗯，很適合你。」她的聲音輕巧：「你不是王嗎？」

那模樣就這麼入了他的心。祝恆抓住她正在亂摸的手，目光深沉地看她。
「朵朵，妳覺得我有沒有醉？」
她一愣，「今天嗎？應該沒有吧。」
「本大爺也覺得沒有。」
他的話語剛落，便吻住她略顯冰涼的粉唇。他的吻比起以前熱烈，讓她無所適從，只能紅著臉任他宰割。忽然，他一個翻身將她壓在身下，又溫柔吻上她。
她的腦子迷迷糊糊，雙手卻不自覺抱住他。
片刻後，他放開她，舔了一下意猶未盡的嘴唇，「可是為什麼還是有點想撲倒妳？」
姚朵因為這句話驚醒了：「你、你不是說沒興趣嗎？」
「誰知道？」他往下看了一眼，「妳似乎比想像中有料。」
她的小鹿撞開腦門，卻下意識替自己辯護：「喂！我本來就不差！」
「嗯？多少？」
「D……啊，不是啦！你問屁啊！」
「喔——」他的嘴角上揚，看得她愈來愈想咬斷舌頭。
她正想推開他，祝恆冷不防補一句：「本大爺想起一件事，我們似乎都滿十八了？是吧？」
「那又怎樣啦！」她鑽出他的臂膀，腳底抹油開溜。
這一次祝恆沒想讓她跑，他的話還沒有說完。但是，他低估了那隻小型犬逃跑的能力。他一時沒抓到她的手，下場就是被她給溜了。
祝恆坐在床上，無奈地望著半開的門。

「早知道別逗她了，本大爺還有話沒說啊！嘖。」

姚朵：祝恆是大變態！大變態！他有話要說？哼，我才不信！

05

直到半夜三點，祝恆才關掉電視。

他很久沒有那麼晚睡了，不過，今晚就是沒有睡意。看來，明天那隻狗又要叫他叫到崩潰了吧。

他揚起笑，順手拿出手機。這時間，她應該已經睡了？

神：笨狗，妳睡了沒？

神：明天記得叫本大爺，我應該是聽不到鬧鐘了。

神：……真的睡了？

偲穎：祝恆，你還沒睡喔？

神：嗯，朵朵呢？睡死了？

偲穎：我沒看到她耶！剛才醒來還以為她在你房間，原來不在嗎？

祝恆一驚，下意識走出去，敲了敲女生的房間門。

偲穎揉著眼睛開門，祝恆皺眉問：「朵朵真不在房間？」

「不在，浴室也看過了。」

祝恆焦躁地打電話給她，嘟了幾下，房間就傳出鈴聲。

「這笨狗竟然沒帶手機就亂跑？」

「可是，這麼晚了她會去哪？」

「……我去找她。」祝恆轉身就走。

「等等！我也去！」偲穎拿了件外套便跟上他。

兩人在溫泉會館裡面繞，到處都沒看到人。祝恆想了想，一言不發地往會館大門走。

「你要去外面找嗎？」

「嗯，搞不好她到外面去透氣了。」

祝恆在櫃台拿了兩支手電筒，交給偲穎，就開始在旅館附近找人。找了十幾分鐘，別說姚朵了，連隻真正的狗都沒有。

他的心愈來愈不安，深怕她會出事。

「大爺我去森林區找。」他扭頭就走。

「那我去隔壁民宿那邊看看好了。」偲穎說。

他們約好十分鐘後電話聯絡，便開始分頭找。

偲穎走在夜路中，周遭都沒有人，迎來的冷風讓她忍不住瑟縮幾下。孤獨的街燈映照著她，在那一瞬間，她也像是個孤獨的靈魂。

她停下腳步，低頭望著自己的影子。

如果……

如果是她不見了，他們會這麼擔心地找她嗎？

「呵，一定會吧！不過，那份感情完全不一樣。」她喃喃自語。

她是藏得太深了。她的思緒，大概沒有人發覺。

忽然，她聽見微弱的聲響。

「喂！」

「有沒有人啊——」

她的心臟縮了一下，是姚朵！

偲穎快步靠近聲音來源，發現是從民宿的車道附近傳來的。她左看右看，還是沒看見人。

「有沒有人在這裡啊？」她的聲音又響起。

偲穎往下一看，正好從壞掉的護欄縫隙中看見跌落低谷的姚朵。那畫面怵目驚心，雖然低谷不算深，但跌下去肯定也會擦傷手腳。更不用說，要是姚朵站的那個位置也坍塌，那她就真的會墜入深谷之中了。

她本來想叫她，但止住了聲音。

姚朵站在那裡很安全，只不過是爬不上來而已。那塊地也很寬，看起來不會塌。

偲穎背對著護欄坐下，雙肩忍不住顫抖。

再困擾一點……

只要再困擾一點就好。

她也很喜歡姚朵這個朋友，但是，她希望她多少能感受一些孤獨。

再一下下，她就會叫人來幫忙了。

忽然，她的手機響起，她連忙抓著手機跑遠！

確定姚朵聽不見之後，她才接起：「喂？」

「妳找到朵朵了沒？我這裡都沒看到。」

「我也還沒有……」她說謊了。

「煩死了，她到底跑去哪裡？」

聽他的語氣很焦急，偲穎勾了勾顫抖的嘴角，「你別擔心，一定很快就會找到。」

「妳怎麼能確定？要是她——」說到這裡，祝恆的聲音斷了，取而代之的是不安的喘息。

「祝恆……」

「別說了，本大爺要繼續找，再聯絡。」

她的心一直躁動著，撕扯她脆弱的神經。她慢慢走回車道，想再看一眼姚朵的情況，卻發現她一動也不動地坐在那裡。

「朵朵！朵朵！」她忍不住大聲喊她。

但姚朵沒有回應。

她急了，隨即打電話給祝恆。不到三分鐘，祝恆就跑著趕過來了。他也喊了她好幾次，但對方都沒有反應。

「該死，該不會是撞到哪了？」他邊說邊脫外套，作勢要跳下去。

「等等！你不找大人來嗎？要是受傷怎麼辦？」偲穎拉住他。

祝恆回頭看她，嘴角微揚，眼中卻帶著紅，「要找妳去找，我要確認她沒事。」

她一愣，放開了手。

祝恆在那一瞬間沿著山壁跳下去，途中不小心傷了手肘跟小腿。但他不介意，一個箭步就衝到姚朵面前。

他輕拍她的臉，不斷叫她。還把她的身子打量一遍，沒有明顯外傷。

「唔……」她皺了皺眉，在他焦急的目光中睜開眼睛。

「朵朵！妳沒事嗎？」

「祝恆？」她眨眨眼，露出欣喜的笑，「啊！你找到我了。」

他的眼眶忽然一陣酸澀，好不容易才忍下來，「喂，妳怎麼會在這裡？現在凌晨四點了耶！」

「跑出你房間之後就走過來晃晃，不小心踩空掉下來了。」她委屈地說：「那個護欄好像本來就快壞了。」

跑出房間之後？那她至少在這裡待了兩個多小時！

祝恆摸她的臉，「那妳有沒有受傷？」

「小擦傷而已，沒關係。」

「剛才叫妳怎麼不回答？」

「我、我不小心睡著了……」

「睡著？還可以睡著？」

「因為我叫了很久都沒有人來救我啊！時間又晚了，就……」

他嘆氣，目光流轉著對她的心疼。其實他並不想知道這些，只想確定她……

祝恆把她狠狠抱住，像是用盡全身力氣那樣將她揉進懷裡。

他只想確定她沒事。

「祝、祝恆？」

「喂，妳可不可以別讓我擔心？」

她呆了一下，見他慢慢抬頭，深邃的眼中竟泛著微紅。

「……我說，妳別老是讓我擔心行不行？」

「對不起。」她也抱住他。

後來，偲穎把大人找來了。他們用梯子讓兩人爬上來，還聯絡了隔壁民宿的老闆，叫他們早早處理好護欄。

姚朵晃動著左腳，看他專心地替她膝蓋上的傷擦藥。她有點愧疚，畢竟對方也受了傷。

姚朵累了一天，本來想直接躺床睡死，但祝恆不讓她回去，把她抱到自己房間替她擦藥。

「祝恆，等一下我也幫你擦藥吧！」

「妳來擦？大爺我還不如自己弄。」他鄙視她的技術。

姚朵放棄了，她頓時有感而發，「唉，這個晚上發生真多事，看來我們明天爬不起來了。」

「有差嗎？可以晚一點再出門啊。」

她笑著看他，「對了，我還以為沒有人會發現我耶！你是怎麼找到我的？」

「不是我，是偲穎發現妳的。」

「是喔！她也真厲害。」

「是很厲害，妳還給我睡死在那裡，到底是指望誰能發現妳？」

她偏著頭回想，「不過，我在呼救的時候好像也有人經過。」

祝恆抬頭看她，「是嗎？」

「嗯，我有看到影子，可是那個人躲著不出來，我還以為撞鬼了。」她抓抓臉，「是我聽到那個人的手機鈴聲，才知道真的有人在那裡。不過，他很快就跑走了。」

他手上的動作一滯，若有所思地盯著她臉。

「怎麼了？」她笑著問。

「……沒什麼。」

徐偲穎：一面愛著，一面恨著，這就是我的深情。

章九
說不說都喧鬧

01

「擦完藥了，我想回去睡覺。」

看祝恆把自己的傷口處理好之後，姚朵打了一個大哈欠，準備站起來。

但祝恆擋住了她。他雙手撐在床沿，步步進逼，逼得她身子不斷往後仰，簡直在訓練腰力。

她覺得自己要撐不住了，他才在她臉前停下來。

「本大爺不會讓妳回去。」

「啊？」她瞪大眼。

「誰知道妳出了房門又要去哪裡晃？到時候真的跌進山谷，誰也救不了妳。」

「我不會啦！我很想睡了，會直接回去睡覺。」

「想睡就在這裡睡。」他鼻子哼了一聲。

「什、什麼？」她的臉紅通通。

「妳有意見嗎？」

看他又逼近，她羞得別過目光，「沒有，可是……」

「朵朵，看我。」

「……」

「叫妳看我。」

她咬著下唇，面帶羞澀地望著他。祝恆靠近她，在她額頭留下一吻。

她呆了，從來不曾看過這麼溫柔的他。

「聽著，本大爺只說一次。」

「什麼？」她還在當機。

「我喜歡妳。」

他的高傲化作眼中似水的溫柔，在那一刻照耀她的臉龐。她的心吸滿了水，將這五年多來的暗戀凝成透明的句點，溫柔懸掛在她眼角。

還好，他們的故事不會結束。

她上前抱住他，什麼話都沒有說。怎麼說都無法表達那種深刻，不如就擁抱吧。

他愣一下，才笑著拍拍她的頭。

「妳怎麼什麼都可以哭？」

「嗚嗚，不知道啦……」因為太高興了嘛。

他揚起嘴角，趁機把她抱上床。看她一臉呆萌樣，他也只能把她攬進懷裡，乖乖地一覺到天亮。

不過，這樣就夠幸福了。

結束溫泉旅行之後，姚朵過了個愉快的年。而且，她幾乎每天都開心得睡不著覺。她跟祝恆終於在一起了，唉，這都可以寫一本勵志書了。

姚朵都可以跟祝恆在一起了，你還有什麼資格放棄希望？

不，這太矯情了。她忍不住笑意，在床上滾來滾去，滾到連她媽跟她弟都想把她送去精神病院看看有沒有問題。

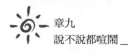

寒假結束，正式進入考前衝刺期。

姚朵拎著書包，搖頭晃腦地到了學校。一見到祝恆坐在位子上吃早餐，她的狗尾巴冒了出來，快樂地朝她的男朋友奔去——

「喂，妳的智商真的沒問題嗎？這上學期的考卷發了，本大爺邊看邊吐血，真是沒看過選擇障礙這麼嚴重的人，妳有沒有帶大腦出門？不對，妳有沒有腦？」

「……」

靠！她才想說他們終於在一起了，才開學第一天就這樣是哪招？

被祝恆罵得狗血淋頭，她只能趴回自己的桌上跟早餐約會。算了，早知道那傢伙沒有半點浪漫細胞，她應該自立自強。

第一節下課，有別班的男生跑來找她。她才正覺得最近比較清閒，怎麼又來一個？

算了，現在的她有的是理由拒絕。她忍不住沾沾自喜。

才踏出門，她便發現那人是葉宇泓。想起來了，這人好像在她的生活中出現過那麼一下子。嗯，她對他的印象不是很好，不過依稀記得對方說過還會再來。

「嗨！姚朵！妳看起來氣色不錯喔。」

奇怪，他忘記他們上次不歡而散嗎？姚朵點頭，「還可以。那個，你找我有什麼事嗎？」

「妳也真直接！」他笑了，「對啦！我是想看妳有沒有回心轉意。畢竟，再怎麼喜歡一個人，一直當他的寵物也很累吧？」

「啊？」

「我就是在說祝恆啊！都高三了，妳不會還在他身邊委屈自己吧？」

這人說話還是一樣討厭。姚朵板起臉，「我沒有委屈過自己。」

「是嗎？」見她臉色不好看，葉宇泓也不怎麼高興。他伸手碰她下巴，低聲說：「那妳怎麼就還沒醒？」

她想退開，卻發現他力氣很大。

「醒醒吧！別再為他做牛做馬了，我看了都覺得妳很可憐。」

「可憐的人是你。」

葉宇泓的手被人抓住，彎向一個奇怪的角度，讓他痛得扭曲臉孔。回過神，姚朵已經被祝恆擋在身後。怪的是，祝恆並沒有多生氣，似乎只是在看他笑話。

「哈，你果然出來保護寵物了。」他臉上在笑，卻暗自搓揉著被折過的手。

「她不是寵物。」

「不然？」

「她是本大爺的女朋友。所以，你這螻蟻要追她得先經過我的同意。」陰惻惻地說完，祝恆一把揪起他領口，「不過，你最好一輩子都別給我接近她。」

「……什麼啊？在一起了也不早說，害別人浪費時間。」葉宇泓退了開來，丟給他一個嫌惡的眼神就走了。

「跟他說話才是浪費本大爺的生命。」祝恆唸了幾句，正想轉頭看姚朵，卻見她眼底放出了粉紅色的光。「……喂，妳的表情很噁心。」

「有嗎？我很高興嘛！」她笑咪咪。

祝恆別過頭，「嘖，說了也好，那傢伙嘴巴那麼大，不出幾天一定全校都知道了，省得大爺我處置那堆蠢男人。」

「嘿嘿！」她不說話，只抱住他的手臂，跟著他一起回到教室。

教室中，偲穎望著那兩人，靜靜地斂下眸。

祝恆：她還奢望我會像一般的笨蛋情侶一樣叫她寶貝嗎？嘖，別想得太美。

02

這學期偲穎當選了圖書股長，她本人覺得有點無奈，畢竟她要把書單上的書全都借回來班上放。不過，最後一個學期了，她抱持一種服務班上的態度，一拿到書單就準備去圖書館找書。

班上有很多男生想幫她，正當她煩惱之際，祝恆走過來掃退了那些人。

「我幫妳吧。」他抄走她手中的書單。

偲穎跟在他後面走，或許已經明白他想要問什麼。

兩人到了圖書館，便先分頭找書。偲穎看中最上層的那一本書，腳一踮就拿到了。她把書放到旁邊桌子上，不著痕跡地笑了笑。

「哎，我連拿書這種事都不需要男生幫忙。」

「不是很好嗎？」祝恆從身後出現。

她看他，「像朵朵那樣迷迷糊糊也很好啊！」

「她是她，妳是妳，本來就不可能一樣。」祝恆瞥她一眼，把手上的書都疊好。

「你說得對。」她笑笑，「啊，謝謝你，這樣書就齊了。」

他沒回應，在偲穎走過去拿書的時候還看著她。她注意到他的視線，溫婉地露出笑。

「祝恆，你想說什麼就說吧！」

「朵朵出事那天，妳是不是早就發現她了？」他的目光鎖著她。

祝恆就是祝恆，從來都這麼直接。她垂下嘴角，心中的牆緩緩崩落。

「……是。」

「為什麼？」

她皺眉，遲遲不說話。

「妳不是說過對本大爺沒感覺？所以，不是這個原因吧？」

「是，也不算是。」

他不耐地挑眉，「什麼意思？」

「我……忌妒朵朵，希望她能感受到孤獨。一點點也好，就只要一點點。」她咬住下唇，放在書上的指尖開始顫抖。

「她對妳很好，不是嗎？」他凜眉。

「——所以我說只要一點點就好！」她忽然吼出聲。片刻後，又放低聲音：「只要感受到一點點孤獨，我就會找人來救她了。我也很喜歡她，不希望她受傷，但是，我還是……」

祝恆滿臉不解，「但，妳到底忌妒她什麼？」

據他了解，姚朵還比較忌妒品學兼優又長得漂亮的徐偲穎。

「我……」

祝恆注視著她，看她美麗的臉孔深深糾結，說出了隱藏好幾年的秘密——

「我喜歡白毓琮。」

一聲巨響，使得那兩人同時回眸。

白毓琮手上的原文書掉到地上。而他的身後，站著六神無主的姚朵。

「你們……？」祝恆完全沒發現這兩人跟了過來。

見自己的秘密被當事人發現，偲穎也不管了，她一邊顫抖一邊說出隱瞞已久的心事：「我忌妒朵朵，因為毓琮深深愛著她。」

「喜歡白毓琮？哪時候的事？」祝恆一頭霧水，相信其他兩人也是。

完全沒有預兆，藏得太深了。

「國二。」她深吸口氣，望向不知所措的毓琮，「那時候你被誤會性騷擾我，我覺得不是你，但也不知道該怎麼幫你澄清。後來，我開始觀察你，發現你是一個很溫柔的人。」

「你被霸凌的時候，好幾次我都想站出來替你說話，可是我很懦弱，怕從此也被班上排擠，遲遲都沒有行動。一次又一次，不斷在心裡掙扎……」她擦去迸流的淚珠，「那天，我好不容易鼓起勇氣想替你平反，有一個人卻先我一步站出來了。」

她望向姚朵，「朵朵，就是妳。從那之後，毓琮非常黏妳，我一直都在看，甚至想過，如果那天先衝出去的是我會怎麼樣？會不會，毓琮喜歡的人就變成是我呢？」

祝恆打斷她的想像，「妳知道那不可能。不用我告訴妳，妳自己也知道。」

「……你怎麼能確定？」她的聲音滄弱。

祝恆往後走，拉住姚朵的手，把她整個人拉了過去。

「正因為是她，才有那種真心為人的勇氣。妳不是也說了？妳怕被排擠，所以才不敢出聲。不過，朵朵並不在乎這些事，所以才能讓活在黑暗的白毓琮看見光啊。」

聽了，白毓琮別過頭，像是在思考過去的事。姚朵深深看著偲穎，想從她的臉上看清她藏在心中的情感。

偲穎也不看他們了，她的視線放在書上，在視野變得模糊的那一刻，似乎正輕輕對誰說著抱歉。

祝恆一把將姚朵扛上肩，在她哇哇大叫時，他瞥了白毓琮一眼。

「你們應該有話要說吧？本大爺先帶她走了。下節自習，晚點回來也沒差。」

說完，他就扛著他的小女友走了。

如果這是最後一個秘密，希望這場雨過後，他們之間都不再有猜忌。

徐偲穎：他說對了，我不是姚朵，卻奢望能做到她做的事。我是徐偲穎，很溫柔，卻不是真正的溫柔。

03

白毓琮望著她，不曉得該說什麼。

「你應該……有很多話要問我吧？」偲穎擦了擦眼淚，對他微笑。

「其實我也不知道該說什麼，不過，我想跟妳說抱歉。」

她一愣，「你不用那麼快就——」

「抱歉，我一直都沒發現。」他斂下清淡的綠眸。

偲穎以為他要拒絕自己，卻沒想到會聽見這句話。她握緊了手，眼眶沾染幾分酸澀。

「沒被發現的心意，是很寂寞的。我也在單戀中，所以才更能懂這種感覺吧。」他走向她，而她僵直了身子。

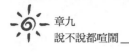

毓琮拿走桌上的書，輕輕地說：「我幫妳拿回去。」

「嗯……」她平復著心跳，「謝謝。」

他們走在路上，兩個人都沒有說話。偲穎看著他的背影，這麼多年了，她依舊無法碰觸。不過，他也一樣那麼溫柔。

她早就知道這份心意無法收回，卻還是喜歡著他。

「我們都一樣。」他忽然說。

「嗯？」

「知道暗戀可能沒有結果，卻還是陷進去了。我一直喜歡著朵朵，四年過去，還是不會有結果。妳也是，甚至，連朵朵也是。」

「朵朵？」她不懂。

毓琮回眸，溫暖地笑著說：「以前，她可是一直認為祝恆喜歡妳。就算是那樣，她也沒有放棄過，不是嗎？」

她點點頭，眉間的皺褶逐漸舒展開來。

「所以，藏著也好、明講也好，不要認為這份心意是白費。」他說：「就算被拒絕了，我也很慶幸自己這麼喜歡過這個人。」

他們停在教室前，沒有進去。偲穎走到他身邊，很小聲地問：「毓琮，你被拒絕了？」

毓琮看了一眼在教室中跟祝恆打鬧的她，才回頭給她笑容。

「嗯，大概吧。」

下課後，祝恆把姚朵帶去福利社，打算買幾個蛋糕給她吃。看她愁眉苦臉，他的心裡也不是很舒服。

「喂，妳還是很在意吧？」結完帳，祝恆用袋子輕輕敲了下她後腦勺。

「啊？」

「剛才在圖書館的事啊！妳看起來很不高興。」

「不是不高興啦！」

「不然？」

她也講不出來，只好隨便說：「哎，別管我。」

祝恆睨著她背影：「本大爺為什麼不能管妳？」

姚朵搔了搔頭髮，決定棄械投降，轉身撲進他懷裡。

他一愣，沒好氣地說：「我當初怎麼沒想過妳是個撒嬌貨。」

「不好嗎？」她抬頭，對上他寵溺目光。

「嘖，懶得跟妳說。」

「祝恆……」

「怎樣？」

「偲穎會不會討厭我？」她靠在他胸前說。

他打了她腦袋一下，她吃痛，抬眼瞪他。

「笨狗，別這麼笨好嗎？她表現出來的哪一點像是討厭妳？」他一點也不憐香惜玉，鼻子哼了一聲，

「她只不過是有心結打不開而已，妳也別太小看她。」

「我哪有？」

「沒有就給本大爺開心一點！整天衰臉是要擺給誰看？」

「好啦、好啦！」她想了想，「那毓琮呢？會接受她嗎？」

「這個問題更智障。」他翻白眼。

也、也對……

「說來說去，這好像不是我們能幫忙的事。」

「本來就不是，別再瞎操心了。」他瞥她一眼，「還不快吃。」

姚朵舔了一下嘴唇，開心地接過袋子。在開動前，她又抱了他一下。

「夠了，妳是小朋友嗎？那麼黏人。」雖然嘴上那麼說，但上揚的嘴角洩露了祝恆的好心情。

中午時，姚朵把吃完的便當盒拿出去外面洗。一回頭，毓琮也吃完了，在她右邊洗著便當盒。

「你今天吃好快。」

「其實我是跟著妳出來的。」他笑。

「跟著我？」

「嗯，今天沒什麼胃口，看妳吃完了想說順便來找妳聊聊。」

姚朵偏著頭：「怎麼了？」

「妳跟祝恆在一起了？」

她差點把下肚的雞腿噴出來。將髮絲勾到耳後，她的聲音變輕：「嗯！」

「果然是這樣。」

「你怎麼知道的？」是葉宇泓散播出去的嗎？不過毓琮一向沒注意學校八卦。

「用看的。」他把便當盒的水漬甩掉，「朵朵，妳變得很主動，我都嚇到了。」

她臉一紅，「還、還好啦……」

「我只是想說，這代表我終於可以結束單戀了吧？」

他忽然寂寞的言語使她一怔，但他並沒有特別傷心，「妳記得我說過的話嗎？我會陪妳一起等。現在妳等到他了，我也不用再等了。」

「毓琮……」

「朵朵，不要露出那種表情，我看過很多次了。」他沒轍地笑了，「不知道為什麼，我現在沒有很難過。可能是因為泡溫泉那天已經被妳拒絕過了吧？」

原來他還記得。

「還好我醉了，不然那天應該睡不著。」他忽然懊惱地說：「不對，我那天怎麼能喝醉？要是沒醉，我半夜就能衝出去救妳了……很抱歉。」

姚朵看他手上的便當盒快被壓縮成一格，連忙把他推進教室。

「不用在意啦！都過去了。」

「總之，朵朵，」走到一半，他回過頭來說：「希望妳能幸福。」

「嗯！」她笑靨如花，「你也是。」

不遠處，祝恆拿著便當盒看他們。那一刻，他覺得自己不該走過去。

不過，她能得到他的祝福，真是太好了。

白毓琮：妳是光，照亮了我的世界。也因為妳，從今以後，我不再害怕一個人走了。

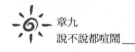

04

「倒數一個月了，妳有什麼感想？」

體育課時，姚朵坐在司令台上發呆，難得不想運動。考前三十天了，排山倒海的考試快把她淹沒。祝恆也沒打球，他走上司令台，坐在她後方，直接把她圈進懷中，下巴還放在她頭頂上。

她害羞，左顧右盼，幸好沒什麼人在這裡。

「喂，本大爺在問妳。」

「喔！就很累，而且有點不真實。」說完，她抬頭看他，「我們快畢業了耶？」

「又不是沒經歷過。」

「可是……」這次她是他的女朋友。

「擔心什麼？不過是讀不同學校而已。」他把她的雙頰捏成魚臉，「大不了本大爺每個禮拜都坐高鐵去找妳。」

「真的嗎？」她眼睛一亮。

他笑著敲她頭，「看妳表現。」

「你那麼有錢……」

「妳膽子大了啊！那是本大爺賺的嗎？笨狗，有時間擔心這個，不如好好擔心妳的成績……妳現在是不是在翻白眼？」

她趕緊讓眼球恢復正常，才轉頭看他，「哪有！我怎麼敢。」

他嗤笑一聲，提起別的事：「喂，妳記不記得我國中說要染頭髮的事？」

「嗯！好像也是在司令台。」她回想，「那時候你還說那樣比較好把妹。」

他思索了一下，「其實我真的欣賞過她。」

「偲穎嗎？」

「嗯，雖然時間不長。」他斂眸看她，「妳想知道本大爺喜歡她的原因嗎？」

「說吧！」在測試她嗎？哼！她才不是那種小氣的女朋友。

「除了很有氣質之外，還有一個原因……」

祝恆開始說起國中的往事。國一下學期的返校日那天，祝恆感冒了。那只是小感冒，沒有很嚴重，所以他掃完地就窩進保健室躺一下，打算過中午就離開。

不過，沒多久他開始流鼻涕。討厭衛生紙的他，堅決不用保健室提供的衛生紙，只好用力把鼻水吸回去。

不知道躺了多久，有個人進來了。他的頭埋在棉被裡，也沒看見來人是誰。在醒醒睡睡之間，他才發現枕頭旁邊多了一包面紙。

他掀開棉被，看見的是徐偲穎漂亮的背影。

「本大爺記住了那個背影，沒想到開學後，徐偲穎真的出現在我們班了。」

姚朵呆呆地望著他，覺得這段故事有不對勁的地方，「可是……」

「可是，偲穎對面紙過敏，她不可能會隨身帶著面紙。」祝恆瞥向她。

「我的意思是……」

「我知道。」他彈了一下她額頭，「那個人是妳。」

「對，是我！」她也記得這件事，只不過，她不知道在那邊躺著的人是祝恆。

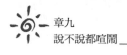

她那天只是去保健室量個體重，碰巧聽見吸鼻子的聲音。她看那個人好像很難受，就留了包面紙給他。

因為，那個人放著衛生紙不用，搞不好也跟祝恆一樣討厭衛生紙。

「這件事我後來才想通。本大爺之前有找時間去問偲穎，她說她根本不知道有人躺在那裡。那天她去保健室體檢，只是進去房間拿個衛生紙而已，沒想到會被我記住背影，還誤會拿面紙給我的人是她。」

「所以你……」

「總覺得很不爽，本大爺一開始喜歡的好像就是妳。」他白她一眼。

「可、可是我只是拿了面紙給你耶？」

「妳知道那有多貼心嗎？本大爺那時候鼻子都快廢了，身邊還只有破衛生紙可以用，天知道那有多虐。這時有個女生發現我不用衛生紙，還給了我面紙，本大爺當然會特別記住她啊！」

姚朵似懂非懂地點點頭，臉慢慢地紅了起來。祝恆看她可愛，忍不住在她嘴角親了一口。

「啊！有人會看到啦！」

「有差嗎？本大爺哪時候在乎過別人的眼光。」

她扁嘴，決定扳回一成，「祝恆。」

「怎樣？」

「我最喜歡你了！」說完，她轉身撲進他懷裡，像月牙的雙眼藏著止不住的笑意，「嘿嘿！」

祝恆愣了一下，把她的頭按進懷中，力道比平常弱了幾分。他別過目光，紅潮悄悄爬上耳根。

「嘖，為什麼妳能把這種話掛在嘴邊啊。」

「因為……很喜歡你嘛。」她雖然臉紅，但又說了一次。

而他依然抱著她，但嘴邊多了一抹誰也看不見的微笑。

「……妳不要以為我不是，笨狗。」

那一刻，周遭的人都瞎了。

祝恆：就叫你別盯著本大爺的臉看！向來只有大爺我讓人臉紅，可沒有別人讓我害羞的份。

05

您有新訊息。

祝恆才剛洗完澡從浴室出來，便聽見躺在床上的手機叫了一聲。他挑了挑眉，腦海中忽然出現那隻狗愚蠢又可愛的臉蛋。

「呵，一定是朵朵那傢伙在找本大爺吧。」他輕笑。明明身上只圍了一條浴巾，但他還是先走向了床上的手機。

他俐落地抄起手機，一屁股坐在床上，才正要翹腳看訊息，就聽見手機又叫了一聲。

您有新訊息。

「知道了、知道了，就這麼想本大爺是嗎？」

用鼻子哼了聲，他滿意地把聊天視窗點開——

跟屁蟲：明天我跟你是值日生，要抬便當。

跟屁蟲：話先說在前頭，可以的話我只想自己抬。

跟屁蟲：不過朵朵要我們和平相處，所以我只好勉強答應。

跟屁蟲：……

跟屁蟲：明天記得來學校。

跟屁蟲：不對，你還是別來好了。

「……靠，這小子是活膩了嗎！」他雙眼冒火，一把將手機摔在床上。

過了幾秒，手機又叫了。

祝恆更火：「我就看看這死跟屁蟲還有什麼屁話好講。」

他「啪」地一聲把手機抓回掌心，眉頭一皺，那雙鷹似的眼利得像要割破螢幕。

小型犬女友：祝恆！

小型犬女友：你在嗎？

那瞬間，他的眸子像被霧化，變得柔和似水。不過，他唇邊的弧度還是很鋒利。

像是注定要劃開她的心，進入最深處一樣。

神：幹什麼？妳想本大爺了？

小型犬女友：才沒有！

神：喔？那我要去睡了，不跟妳囉嗦。

小型犬女友：咦？等等啦！

小型犬女友：你不要老是捉弄我！

神：嘖，妳還不是很喜歡。

小型犬女友：……

祝恆心情大好，頰上的水珠順著鬢角落在棉被上。雖然他有潔癖，但此刻他竟然什麼也不在意了。

神：找本大爺幹嘛？

小型犬女友：沒事啦，剛才統測答案不是公布了嗎？你對答案了？

神：哼，對那種東西幹嘛，本大爺不可能考不上。

小型犬女友：也是。唉，好羨慕你喔。

祝恆挑了一下眉，想像她那張喪氣的臉。

神：怎樣？笨狗，妳根本不用擔心成績，妳只需要靠那堆金牌和獎座就可以推甄上體院了。

神：反正，我從來沒期望妳能考到一半以上的分數。

小型犬女友：喂！

祝恆不著痕跡地笑了笑，想像著她瞪圓的眼睛，忽然，他很想聽聽她清脆的聲音。

神：喂，打給我。

小型犬女友：啊？喔。

沒多久，通訊軟體的通話就響了。祝恆馬上接起來，並開了擴音。

「喂。」

那端傳來姚朵疑惑的聲音：「喂？祝恆，你叫我打給你做什麼？」

「本大爺不能聽我的狗汪幾聲嗎。」

「……我現在是女朋友！」她還是得捍衛捍衛自己地位的。

「哼，我又沒說不是。」

「那你還——」

祝恆把手機拿得離自己很近，笑容英氣：「不管是狗還是女朋友，本大爺對妳不都一樣嗎？」

「唔……」

明明這句話是該讓她怨懟，她卻不知怎麼地紅了紅臉。

祝恆聽她沒說話，手一伸，就把視訊鏡頭打開。姚朵傻傻地接了，才那一秒，就產出一長串尖銳的叫聲——

「啊啊啊為什麼你沒穿衣服！」

「啊？喔，本大爺是忘了沒錯。」

什麼忘了！他們還是純情高中生，不、不可以這樣！

「快把衣服穿上！」

「有差嗎？」

祝恆倒真的完全不介意，邊說邊把手機拿遠，讓她能看見整個上半身：

「反正，妳遲早要看的。」

「祝、祝恆……！」

他聽著她慌亂嗓音，想起他一直以來都這樣捉弄她，想起她即使氣呼呼，也不會放棄喜歡他的那顆心。

他的嘴角又更上揚了。

「嘖，要是妳真的不敢看，把手機螢幕遮住不就得了。」

「咦？可是……」她囁嚅囁嚅，「……又有一點好奇。」

祝恆愣了一下。這下，他真的想親自見見他那隻狗到底有多好奇了。

「……喂，妳洗澡了沒？」

她表情明顯頓了一下，「怎麼了？」

「洗好了就把書包帶著，在家等。本大爺叫司機去載妳。」

「咦？現在已經晚上九點了耶！要去哪裡？」

他不耐煩：「當然是來本大爺家！明天會順便載妳去上課。」

「不、不行啦，我媽才不會同意。」

「說去同學家過夜難道不行？」

她愈說愈小聲：「唔，以前沒有這樣過啊……真的不行。」

祝恆挑了挑眉，是也不想為難她，但怎麼說這樣打消念頭就太可惜了。

忽然，他的手機又震動了一下。他原本不想看，但一個莫名的預感讓他把視訊關掉，並點開跳出來的聊天視窗。

祝詠：小恆？還沒睡吧！

祝詠：爸叫我跟你說，爺爺打電話說想見你了。

祝恆皺了皺眉。聰明如他，他已經猜到姐想說什麼了。

祝詠：爺爺特別交代，要把小朵也一起帶去唷。

祝恆在此刻想起有些久遠的記憶，試著想像那隻狗有可能會遇到的情況……不過，最後他還是點回了和姚朵的聊天視窗。

小型犬女友：祝恆？祝恆？你怎麼突然掛掉了。

神：妳才突然蔔屁。

神：……喂，這月底我們自己辦個畢業旅行。

小型犬女友：好啊好啊！去哪裡？

神：德國。

他沒等她回應，就對她投下了一個八輩子沒見過的震撼彈——

神：先說了，我爺爺想見妳。

姚朵：他說的是爺爺，不是本大爺對吧？……所以，我、我該注意什麼？

章十
鼓動的世界城

01

「朵朵，妳怎麼了？有心事嗎？」

統測答案公布的隔天，姚朵一如往常地去學校，但那張臉似乎一點都不一如往常。偲穎一早就去關心她，她對上偲穎那雙眼睛，忽然覺得很不好意思。

「啊……抱歉，讓妳擔心了。」

其實，她應該要先擔心偲穎的。雖然偲穎一定會考得很好，但能不能達到第一志願的程度，她倒是不曉得。不過，她也不知道要怎麼開口問。

白毓琮也走了過來，出聲問：「是對完答案的關係嗎？」

啊！當然不是。經過祝恆的「開導」，她也覺得她想上理想的學校就絕對不能靠分數。

「喂！妳幹嘛一臉便祕樣。」這次是祝恆。

祝恆都還沒走過來，白毓琮就遠遠地送他一記面攤式眼刀。祝恆當然也嫌惡地看他，還加油添醋：「難道你覺得她這屎臉不像便祕嗎？」

「你——」

白毓琮本來要生氣，但對上朵朵那張湊過來要勸架的臉後，他突然面目扭曲。「我……」

祝恆挑眉，「嗯？」

「可、可能……朵朵，妳還是笑一下比較好。」

「咦？」

「不然可能真的有點類似……消化系統出現問題。」他一向沒什麼表情的臉竟罕見地痛心疾首。

「噗！」偲穎不小心笑出來，「毓琮你真是溫柔呢，朵朵肯定聽不懂。」

「哼，你這傢伙唯一的優點大概就是不會說謊。」祝恆也難得稱讚他。

「……」姚朵無語。

什麼嘛，太小看她了，她絕對知道便秘是消化系統的問題，而不是排泄系統。哼！

祝恆湊過來，意思意思地摸了一下她的頭，「所以說，妳到底在煩惱什麼？」

「也不是煩惱啦！」

姚朵正要說，但祝恆像是恍然大悟：「喔，難道妳在煩惱去我爺爺家的事？」

「你爺爺？」白毓琮和偲穎異口同聲地望向祝恆。

「本大爺還沒跟你們說吧。」他雙手環胸，一屁股坐在桌子上，「五月底我們來個畢業旅行，去我爺爺家。」

偲穎問：「在哪裡？」

「德國。」祝恆看看她，「妳能去嗎？妳那囉嗦的爸媽會不會說什麼？」

「是還好，幸好這次對完答案感覺成績還不錯……」她想了想，「不過德國有點太遠了，我還是要問一下。」

「先說在前頭，這次是本大爺的爺爺要我們去的，所以他會包辦所有的花費。你們不用擔心錢的問題，就當作是畢業旅行。」

白毓琮一向沒意見：「朵朵去，我就去。」

「嘖！別老是黏著本大爺的狗。」他瞪他。

幸好白毓琮最近已經練就「無視祝恆」的頂天技能，只專心望著姚朵。

姚朵一時被三雙眼睛盯著，她只好坦白：「既然是我們大家一起的畢業旅行，那我當然會去。不過……」

「妳會緊張吧？」偲穎溫柔地笑笑，「別擔心，雖然我不知道祝恆的爺爺是怎麼樣的人，但一定不是壞人。」

「妳倒是很樂觀。」不過，祝恆沒特別針對他爺爺說什麼：「總之，去就對了，別管爺爺不爺爺，就當作畢業旅行盡情玩。」

姚朵才點了點頭，祝恆便再次摸摸她的頭，這回多了點藏不住的溫柔。雖然他立馬就丟下她，回到位子上大嗑早餐，但姚朵還是忍不住露出微笑。

「祝恆最近好像變溫柔了呢。」偲穎偷偷笑。

「唔……是嗎？」明明她也有感覺，但她還是向她求證。

「是啊。」偲穎盯著祝恆的背影，輕輕說出她的感受：「……說不定，祝恆也很期待妳能見他爺爺。」

「為什麼？」

「不知道呢，猜的。」她回頭看姚朵，嫣然一笑：「不覺得嗎？這個畢業旅行好像有什麼意義一樣。」

意義……

可能吧！他們四個雖然感情好，但似乎也一起度過不少短暫的雨季。何況他們即將畢業，要是能在旅行中留下些什麼那就太好了。

「啊！偲穎，妳呢？」

「我？」

「就是……關於毓琮……」她又不曉得該怎麼問才好了。不過，既然她都拒絕毓琮了，那她應該可以關心他們之間的情況吧！

偲穎愣了一下，回頭看看不曉得什麼時候回到座位的白毓琮。她看著他依舊認真地準備著期末考的側臉，與往常不一樣的溫柔溢出了她唇邊。

「……我會努力的。」

姚朵望著她眼中的星光，也忍不住跟著她笑了。

「嗯！加油。」

祝恆：爺爺是個怎樣的人？本大爺不知道該怎麼形容，但肯定比我家那老頭還強多了。

02

就這樣，五月底的時候，一群人徵得老師和家長的同意，便坐上了往德國慕尼黑的班機。

在出發前，祝恆永遠記得自家小型犬女友那蠢到不行的發言。

「咦？我還以為只去週休二日而已！」

「笨狗！去德國玩兩天是要玩個鬼？當然要一個禮拜了。」

「不、不過，請五天假會不會太囂張了……」

「哼，我們四個裡面就有三個在全國百名內，他們是要限制什麼？」

也、也是……不過真不好意思，她就是那個在百名外的學渣。

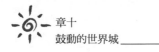

祝恆看看她，鼻子哼一聲，「妳也絕對上得了全國最棒的體育學院，不用花費心思在那種小事上，知道了沒？」

「知道了！」

見她還算有把自己的話聽進去，祝恆特地在出發當天給了她幾個布丁吃。

一下機，他們馬上搭當地的S-Bahn前往慕尼黑市區。一路上，許多巴洛克、哥德式建築映入眼簾，從來沒出過國的姚朵可是開了大眼界。

「哇，那個很漂亮的建築是什麼？」姚朵指著瑪利亞廣場上的一棟哥德式建築物。

祝恆似乎對這裡很熟悉，看都不看就說：「那是慕尼黑新市政廳。」

「市政廳？也就是公務人員上班的地方嗎？」姚朵呆了幾秒，語氣驚嘆：「上面還有鐘樓耶，好像童話故事！啊……怎麼可以在這麼像城堡的地方上班啊。」

「慕尼黑大多數都是這種妳覺得像城堡的建築。」說完，他看了一眼同樣陷入美景的偲穎和白毓琮，「真不愧是你們，才剛到德國就被嚇成這樣。」

他雖然嘴上這麼說，但唇邊的弧度是上揚的。

四人又在瑪利亞廣場逛了一陣子，還順便買了幾樣食物和衣服。不久，祝恆提醒他們：「對了，今天大概傍晚的時候就要去我爺爺家了，有什麼想逛的就趁現在快逛吧。」

「我想去那個市場！」姚朵指向教堂附近的市集。她雖然不知道那是哪裡，但看起來很熱鬧的樣子。

「我也想順便買個伴手禮回家。」偲穎笑著說。

「好多人……」白毓琮似乎不喜歡人多的地方。

「走啦、走啦！感覺有很多好吃的。」姚朵笑著拉了白毓琮一把，但手被祝恆拍掉。

「說就說，不要在那邊動手動腳。」他瞪一下姚朵，順便解釋：「妳想去的那個地方叫穀物市場，是慕尼黑最受歡迎的市集。」

「真的嗎？那更要逛了！」

說完，姚朵就一溜煙地往前衝，沒幾下就遠遠跑在前面了。不過，英文廢如她，還是不敢在異地跑太遠的。

聽祝恆說，歐洲這邊的扒手很多，可千萬要小心。

「嘖，這笨狗就是愛叫愛闖。」祝恆連忙叫兩人跟上，避免那隻蠢狗走丟。

姚朵才剛走進穀物市場，就立馬被麵包香給吸引了注意力。其實，這約有一百多個攤位的穀物市場，賣的東西當然不只有麵包，還有鮮花、水果、家禽、調味品……等等的新鮮商品。不過吃貨如姚朵，她當然第一站就選擇了色香味俱全的麵包攤販。

忽然，她在一家看起來特別可口的麵包攤販前看見了一個外國小孩。

「那個小孩子長得真漂亮。」偲穎也看見了。

那名小孩長相精緻，體格也瘦長漂亮，還擁有一頭令人稱羨的金髮。不過，她一時看不出來性別，只覺得那張臉美得雌雄莫辨，笑容就像蜂蜜一樣甜。

「他看起來十歲左右，大概是國小生吧。」白毓琮也出聲。

「對啊。」她看了他一會，沒多久突然驚叫：「啊……！」

姚朵發現，那小孩居然趁老闆不注意時偷走一個麵包，還準備要逃！

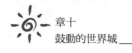

「啊啊，竟然是小偷。」祝恆嗤之以鼻。

在他那麼說的當下，老闆雖然聽不懂中文，但似乎也注意到了，連忙拿起長條麵包指向那個還沒來得及開溜的小孩。

接著，就是一連串的德式謾罵。當然，他們是聽不懂老闆在罵什麼的。

「怎麼辦？」姚朵有點慌張地看著他們。

祝恆不屑：「什麼怎麼辦？偷了東西當然要負責任啊。」

「可是他才十幾歲，是不是爸媽沒教好？」

「本大爺告訴妳，一個人不管年紀多大，自己搞出來的事情就是算自己的。就算妳要幫他，妳又要怎麼幫？」

「這個……」她看了看同樣擔心的偲穎，再看看沉默的白毓琮，只好說：「我們先假裝是那個小孩的哥哥姐姐好了。」

「啥？喂！」

祝恆一樣來不及阻止那隻小型犬，便眼睜睜地看著她衝進混戰的局面裡。

「那、那個……！這孩子是跟我們一起的！」姚朵一下子就跑到孩子旁邊，並順利轉移了老闆的注意力。但她只懂得說中文，那個老闆看起來根本就黑人問號。

金髮小孩看了看她，眼中忽然掠過一抹精光。

下一秒，金髮小孩趁老闆把注意力放在姚朵身上時，腳底抹油開溜！

姚朵轉頭大叫：「喂！喂！」

在後方的祝恆一看，連忙就拔腿追上那個小孩。而偲穎在此時走上前，以英文跟老闆溝通，說是那小孩不懂事，他們會幫忙付了那個麵包錢，希望老闆能就此原諒他。

姚朵看了看老闆的表情，似乎認為他們是一夥的，只是沒管好小孩所以才搞出這檔事。最後，老闆大氣地點了點頭，還送了他們一罐蜂蜜。

啊，偲穎人美真好呢。

祝恆：這隻笨狗能不能老是別讓我給她擦屁股，嘖。

03

後來，祝恆提著那小孩後頸的衣服，把搗蛋鬼拎了回來。

他的腳一落地，祝恆就惡聲惡氣地說：「喂！要不是我家笨狗同情你，不然你早就被警察抓走了，還不快道謝！」

「祝恆，你這樣會嚇到他啦。」偲穎笑著讓他站後面一點。

「……果然是野蠻人，你講中文他也聽不懂啊。」白毓琮還補他一刀。

「啊？你當本大爺不會講英文是不是！」

見祝恆似乎正要飆出英文國罵，姚朵連忙制止他，並擋在他和金髮小孩之間。

她想先一步跟他說話，卻發現腦子裡沒半個英文字母可以使用。唉，平時英文課應該要認真聽的。

正當姚朵煩惱地盯著金髮小孩的臉時，對方竟突然對她綻放一抹燦爛的笑容。

「謝謝姐姐。」是清脆的男孩聲音。

「咦？」姚朵瞪大眼睛。

偲穎驚訝，「你會說中文？」

「嗯，我爸爸是中國人。」他繼續說：「姐姐，這個麵包很好吃，妳要吃嗎？」

見他竟然天真無邪地提起麵包的事，姚朵就想起自己應該要好好教導他。於是她蹲了下來，想與他平視，但她人本來就矮，這一蹲還比小孩矮了半顆頭。

祝恆注意到這情況，忍不住捧腹大笑。

姚朵往後瞪了一眼，便換上嚴肅的臉：「弟弟，你知道偷東西是不對的嗎？」

只不過在祝恆看來，她的嚴肅簡直就像小孩裝大人。

「我知道。」沒想到，小孩回得意外乾脆。

「那你為什麼還要這樣做呢？」偲穎接著問。

白毓琮一句話也沒講，但他緊皺的眉頭似乎在說：我不喜歡這小孩。

「因、因為……」話才講到一半，他竟然一秒變哭腔：「我肚子很餓，本來要買麵包，可是錢包被偷走了……」

「被偷走？」偲穎愣了一下，「看來是扒手。」

姚朵忽然有點同情他，連忙問：「那你爸媽在哪裡？他們身上應該有錢幫你買麵包。」

「我……」他好像更委屈了，「我被爸媽趕出來了。」

「啊？」姚朵瞪大眼。

祝恆淡淡地瞥他一眼，「喔——你鐵定又幹了什麼壞事吧。」

「我才沒有！」

姚朵連忙把祝恆推得遠一點，然後出聲問：「弟弟，你叫什麼名字？」

金髮小孩原本還很生氣地看著祝恆，但聽到姚朵的聲音，就化出了和蜜一樣的笑，「王……啊，叫我帕克就好了。」

帕克？啊，他應該是不想說本名吧。

偲穎溫柔地問，「帕克，你爸媽在生氣嗎？」

「不知道。」帕克搖搖頭，並望向姚朵手中的蜂蜜，轉移話題：「姐姐，我想吃那個！」

「蜂蜜？喔，給你也沒關係，不過……」她把蜂蜜給他，「你要跟姐姐說一下原因，這樣我們才有辦法幫你。」

沒想到，帕克再度堅定地搖搖頭，還抱著蜂蜜罐跑走。

「咦？你去哪裡！」

姚朵正要追上去，但祝恆拉住了她，「喂，妳還要管那個小孩到什麼時候。」

「他這樣亂跑，萬一回不了家怎麼辦？或是他遇上壞人……」

「他自己就是壞人。」祝恆將她拉近，「我說妳，別太濫好人了，到時候遇上壞人的可是妳自己。」

姚朵聽了，覺得他這樣太過分，「他只是小孩子，哪會是壞人！」

祝恆看她堅持，也不是很高興。明明是為她好，她卻一直不領情。下一秒，他冷冷淡淡地說：「……妳就是這麼天真，才老是吃虧。」

「哪有！」她氣結。

就算她真的比在場的人都還要笨了點，但也不至於每次的決定都是錯的吧！

祝恆瞥了下她氣鼓鼓的臉頰，連罵都懶得罵，只丟下一句：「隨便妳，要去就去吧，本大爺可不想管那屁孩。」

說完，他就往市集外的方向走。

「祝恆……」姚朵想叫住他，但又不曉得該怎麼開口。

偲穎見這情況，輕輕地拍了拍姚朵的肩膀，「先讓祝恆冷靜一下吧。」

姚朵抬起頭，對上白毓琮的視線。他難得沒有站在姚朵這一邊，出聲說：「雖然那傢伙講話不中聽，但他應該是怕妳遇到危險。在我看來，那小孩的確怪怪的。慕尼黑有很多扒手，有些小孩子搞不好也在集團裡。」

「毓琮你也這麼認為嗎……」姚朵斂下雙眸，想起自己的確一直下意識認為祝恆不近人情。不過，應該是她不夠信任他才對。

最後，她做出了決定：「我還是跟帕克說一下好了，請他快點回家。然後，我們就跟著祝恆去他爺爺家。」

偲穎表示同意：「嗯，我也覺得這麼做最好。」

「那，走吧。」白毓琮往市集內看，伸手一指，「帕克好像跟祝恆走相反方向，在那邊。」

「嗯！我先追過去吧！」姚朵跑得快，決定速戰速決。

她轉身往帕克的方向追去，沒多久就看到他駐足在鮮花攤販前的身影。

「帕克！」

帕克似乎愣了一下。他轉身，在看見是姚朵的當下露出笑容：「姐姐，妳來找我嗎？」

「對！」姚朵笑著跑近他，並摸摸他的頭，「那個……我跟其他哥哥姐姐要回去了。」

帕克望著他，眼睛眨呀眨地沒說話。

「所以，姐姐希望你能快點回家，好嗎？在外面一直亂晃很危險的。」

「可是我把錢包弄丟了，爸媽會生氣。」他無辜地扁嘴。

啊，對喔……但她根本就不知道要怎麼幫他找回錢包。

她左思右想，過會兒，忽然想到了一個辦法。

「帕克，你錢包裡的錢有很多嗎？不然姐姐這邊有一點你拿去，再跟你爸媽說是錢包壞掉就好。」她覺得一個小孩的身上應該不會帶太多錢。等回台灣之後，她會再把那筆錢還給祝恆。

「唔……」

帕克似乎還在猶豫，但姚朵立馬就把手伸進後背包裡，打算把瘦弱的錢包貢獻出來。

然而，她的狗爪東摸西摸，卻沒有在背後摸到錢包。

「咦？我的錢包呢……」她把背包拿到前面努力翻找，但一個不祥的念頭卻在此時升起——「慘了，該不會也被扒走了吧？」

「姐姐！」忽然，帕克指著不遠處大叫：「是他！偷走我的錢包！」

姚朵連忙往回看，正好撞見一個鬼鬼祟祟的男人往市集外的方向逃走！

「可惡，我的錢包也一定是他偷的！」她生氣地拔腿追了上去，「喂！給我停下來！」

小型犬的移動速度果然超群，一下子就已經牢牢地跟在扒手身後。

而市集外，站在那裡等待姚朵的白毓琮和偲穎看到了她，還一時沒反應過來。

「……那不是朵朵嗎？」白毓琮的目光跟著她移動，「她在追誰？」

偲穎率先驚醒，當機立斷地說：「慘了，那應該是扒手。得趕快叫祝恆過來才行。」

「……嗯！」

姚朵：這世界上怎麼會有這麼多沒品的人？敢欺負小孩的人我一定要他好看！

04

姚朵緊緊地追著那個男人，死都不肯放。男人在跑的同時頻頻回頭，心想這個小鬼頭怎麼這麼難甩。

不久，她追他到一個死巷子，讓那個男人無處可躲。

而帕克的移動速度竟然和姚朵有得比，過了幾秒後也迎頭趕上。

「姐姐，就是他！」帕克氣憤地指著男人的鼻子。

姚朵立刻開罵：「喂！你還不快把東西還我們！」

男人一愣，發現從後面跟來的是一個年紀比姚朵更小的傢伙，不禁放下心來。

他氣焰囂張地飆了一串德式髒話，別問她為什麼聽得懂，她覺得那幾個字眼應該不是什麼好話，索性就歸類成髒話。

「那個……除了髒話之外他還說了什麼？」姚朵一臉心虛地望向帕克。

「他？他說他不還我們！」

「怎麼可以！」她一聽就氣炸了，立馬往前衝了幾步，還試圖用自己的破爛英文叫他把錢交出來：「My money!」

男人愣一下，表情瞬間變得更兇狠！不一會，他從口袋裡掏出一把小刀，胡亂地指著姚朵揮舞！

「啊啊啊——」

帕克忍不住尖叫，姚朵也嚇得往後退了兩步。男人見他們害怕，又靠近他們一點，打算把他們嚇唬走。

就在此時，姚朵的眼前閃過一道俐落的身影。還沒來得看清楚，男人手上的刀就被祝恆的腳給踢飛！

「祝、祝恆！」

太好了！

「嘖，妳真的就只會給本大爺添麻煩。」

他回頭看了看她，確認她沒有受傷，便再度衝上前攻擊他的下盤，讓反應不及的男人摔倒在地！

然後，他一腳踩在男人的手腕上，表情陰狠地說：

「Now hand it to me. Or I will have your guts for garters.」

被踩的男人抖了抖，連忙應聲連點好幾次頭。在祝恆放開他的同時，他伸手將口袋裡的黑色錢包丟到另一邊的地板上，便連滾帶爬地逃走。

「不愧是祝恆……！連說英文都好帥！」姚朵的眼中不知不覺就冒出愛心，幸好祝恆沒看見她這花癡樣。

帕克疑惑：「姐姐真的聽得懂他說什麼嗎？」

「當然聽不懂。」

「即使他說的是『把錢還來，否則死』這種可怕的話，姐姐也覺得他很帥嗎？」

「呃……啊，他過來了。」姚朵連忙收回花癡表情，一臉正經地望著走過來的祝恆。

「……這個是小鬼頭的？」他把錢包丟過來，讓姚朵接住。

「對，是我的。」帕克愣了一下，才笑著說。

「啊……還有其他錢包嗎？比如說粉紅色的。」

「啊？沒有。」祝恆瞇起眼，「等等，妳的該不會也被偷了吧？」

「唔，對……」

「真的是笨狗。」他瞇起來的眼睛立馬往上翻一圈，「妳裡面沒有帶證件吧？」
「沒有，只有你給我的五十歐元。」她猛搖頭。
「那就不必找了，反正只是小錢。」說完，他冷冷地瞥姚朵一眼，「下次別再隨便亂闖亂叫，到時候受了傷都不知道。」
「是……」她自己也知道是她太衝動了，看到那把刀亮出來差點沒嚇死。
「走吧，大爺我叫爺爺派司機出來載我們了，在那邊而已。」
姚朵看了看四周，「咦？那毓琮和偲穎呢？」
「我先送妳過去再回來找他們，免得妳又亂跑。」祝恆看了一眼帕克，「喂！你呢？該回家了吧！」
「我家也是往那邊走。」帕克忽然伸手抓住姚朵的手臂，笑得像花一樣，「走吧！」
「你……嘖，算了。」他也不想跟一個屁孩計較男女授受不親的問題。
祝恆順利地將姚朵護送到一個街區，叫她在這裡等車，便回頭去找那兩人了。
在等的同時，帕克還不願意走，開口問姚朵：「……那哥哥是不是還在生氣？」
「祝恆嗎？你別擔心，他只是嘴巴比較壞，其實很少真的生氣。」
應該吧。
「姐姐，真的很對不起，我害你跟哥哥吵架了。」帕克一臉真誠地道歉，姚朵聽了連忙搖搖手。
「沒事、沒事！不用在意，我們沒有真的吵架。」
「是嗎？那就太好了。」他純真地笑了。
姚朵盯著帕克的臉看，覺得祝恆和毓琮都想太多了，這麼純真的孩子怎麼可能是壞蛋呢。
於是，她就和帕克一起站在街邊，邊聊邊等祝恆把人帶來。

等到天色漸暗，一個飄忽的念頭才突然從姚朵的腦海中閃過——奇怪，帕克那時候根本不在，怎麼會知道她和祝恆吵架了？

白毓琮：蜂蜜……蜂蜜……沒事，我只是在找機會拿回朵朵給那個小孩的蜂蜜，我知道她其實很想吃。

05

姚朵這輩子還真的沒坐過一台讓她壓力這麼大的車子。

車上，祝恆坐在她左邊，她的身後則坐著偲穎和毓琮。而她的右前方，正是祝恆家的大家長——祝爺爺的位子。最詭異的是，帕克就坐在她右邊！

她覺得自己有必要解釋一下這情況。

一切都要從二十分鐘前說起。

二十分鐘前，帕克纏著姚朵，始終不肯走。他說他怕回去會被爸媽揍，希望姚朵能在外面陪他住個一天。姚朵當然不可能答應，但又心繫著帕克。當她正在想要怎麼辦時，祝爺爺派來的車到了。

車窗搖下，姚朵萬萬沒想到祝爺爺本尊就坐在上面。

「——妳和他都上來。」祝爺爺一臉淡漠地開口。

原來那台車已經停在那邊一陣子，而祝爺爺早就聽見他們的對話了。

後來，祝恆帶著白毓琮和偲穎上車。當他看見帕克時，本來還想趕他下車，卻被祝爺爺制止了。

奇怪的是，祝恆雖然心情很不好，但也沒說什麼。姚朵猜測，祝恆搞不好很怕他爺爺。

……還有，祝爺爺雖然嚴肅，但搞不好是個溫柔的人。畢竟，他還讓一個素未謀面的小孩上他的車呢。

一路上，除了一上車就跟祝爺爺問好之外，他們就再也沒說半句話。姚朵挺想和偲穎面面相覷，奈何她坐在後面。往左看，祝恆只顧著看窗外，也不曉得在想什麼。

最後，她的視線丟在帕克身上，可對方意外地不說話。

祝爺爺比較嚴肅，可能他也嚇到了吧？

於是，姚朵終於打消閒聊的念頭，一行人就這麼一路沉默到了祝爺爺在德國慕尼黑的居所。

一踏入大宅，祝爺爺便要他們先整理行李，等晚餐時再在餐桌上見面。姚朵畢恭畢敬地望著祝爺爺的背影，一直等到他上樓時，才鬆了口氣。

「呼！」

祝恆挑眉：「怎樣？妳有那麼怕我爺爺？」

「你不也沒說半句話。」

「本大爺都這麼熟了，還用說什麼。」他投以「妳真夠無聊」的目光，轉身就走，「過來，你們的房間在一樓。」

「咦？祝恆，意思是你要睡別的地方嗎？」

「那當然，樓下的客房只有兩間。」他瞥了白毓琮一眼，「我打死都不跟那傢伙一起睡。」

白毓琮面露青光，正要發作時，緊跟在身後的管家突然說：「少爺，老爺特別吩咐您要跟白同學同房。」

「啥？」祝恆一臉震驚地轉過頭。

「老爺說，要您試著跟您討厭的人相處。」

聽了，姚朵的嘴角抽了幾下。祝爺爺竟然這麼直白嗎？難道他也知道祝恆和毓琮水火不容？

「嘖，那本大爺睡一樓，朵朵跟我同房算了。」

「啥？」換姚朵震驚。

「等等……」偲穎漂亮的臉浮上一抹紅暈。

「……對女生來說，這比我跟你同房還不妥。」白毓琮淡淡地說。要是姚朵和祝恆同房，那就代表偲穎必須跟白毓琮一起睡了。

祝恆注意到了，嘆口氣說：「唉，算了，要是妳被白毓琮性騷擾，我那隻笨狗又要找我哭。」

「我才不會性騷擾。」白毓琮的臉沉下來。

「是是是。」祝恆一臉敷衍，「本大爺就勉強跟你同房，記得睡沙發啊你。」

「那是我的台詞。」

看他們又要吵起來，姚朵連忙站在他們中間採取防禦姿態，但奇怪的是，祝恆也沒再針對這句話說什麼。

祝恆和白毓琮之間的氛圍似乎變得比較和緩了。這她有感覺到。

這時，祝恆雙手叉腰，不爽地問起另一件被他們遺忘的事情：「喂，說起來，那小鬼頭去哪裡了？」

「咦？帕克！帕克？」

姚朵試著喊他，但這大廳哪裡還有帕克的蹤影。

管家看他們在找人，便問：「還有同行的人嗎？」

「有，一個小孩，他跟我們一起來的。」偲穎說。

「這樣啊……」

「算了，小鬼頭就是不受控，我們先去放行李，晚餐時間到了他自己就會蹦出來吃飯的。」

姚朵還想說什麼，但偲穎用眼神示意她跟上祝恆，她只好作罷：

「……好吧，就算迷路，至少也是在房子裡，我想帕克應該不會有危險的。」

「本大爺早就說過，妳多擔心一下妳自己比較實際。」說完，祝恆便在進第一間房前，挨近姚朵的耳邊說：「放完行李到我房間來。」

他的語調明明稀鬆平常，但他深入嗓子的氣息卻透過了耳際，輕輕燻紅她的雙頰。

當那扇門被帶上時，偲穎才笑著打斷她的思緒：「好了，朵朵，妳要看著祝恆房間的門多久？」

「咦？啊，抱歉！」她的臉更紅了，連忙拖著行李箱一溜煙衝到不遠處的第二間房！

當後方傳來偲穎呵呵笑的聲音，她就發誓她再也不看著祝恆發呆了。

徐偲穎：他能注意到「我們」的不同，對我來說其實是一件幸福的事。

章十一

蜂蜜的甜與濁

01

祝恆獨自待在房裡，想起方才在市場附近發生的事。

當時，他把姚朵和帕克帶到街上，就折返回去找偲穎和白毓琮。不過，在他經過他們與扒手發生爭鬥的巷子時，他從地上那堆廢棄物裡看到了一個被隨意棄置的黑色錢包。

沒錯，就是帕克手上的那個。

如果那是帕克的錢包，那他為什麼要丟掉？如果不是，他又為什麼要說謊？

他愈想愈不對勁，愈覺得那死小鬼肯定有什麼問題。可怕的是，姚朵還無條件信任那傢伙。

哼，到底誰才是她男朋友啊。

忽然，敲門聲輕輕響起。祝恆聽見了，他正想著等會要口頭教訓教訓那隻笨狗，卻沒想到姚朵一臉雀躍地小跑步進了房。

看著她紅滾滾的臉頰，他哪裡還有什麼氣好生。

祝恆勾起嘴角，從床上站起來，便往她的小隻馬女友走過去。

「祝恆！」

姚朵才剛開口，就落入了一個懷抱。她驚訝地抬起頭，在她看清楚他眼中的寵溺前，她的唇已經被他封住。

「唔……」

姚朵迷迷糊糊地閉上眼，感覺到祝恆把她抱得更緊。他把另一隻手纏進她的髮間，讓足足有三十幾公分差距的他們能更加貼近。

她的心跳很快，像把感動的風景都裝進心裡。

他的吻很深，像一點距離都捨不得留。

後來，他放開了她，還順道把她抱到床上。她一呆，後知後覺地想到怎麼自己沒看見毓琮的影子。

「毓琮呢？」她馬上問。

祝恆冷冷地瞥她一眼，「妳竟然敢在我面前問起別的男人。」

「唔……抱、抱歉嘛，我只是好奇。」

他忽然棲身上前，雙臂困住她的粉嫩臉頰，「本大爺讓他出去了，隨他愛去哪就去哪裡。」

「咦？」她臉一紅，望著他近在咫尺的雙眼，「你做什麼？」

祝恆勾起嘴角，狂妄地盯著她，「沒做什麼。」

那就不要隨便爬到人家身上啊！

正當姚朵還在慌亂時，祝恆伸手摸了摸她的臉，再沿著她的耳朵把髮絲捧在掌心。她愣了一下，臉就更紅了。

「祝恆……」

「嗯？」他的嗓音低沉。

「你、你不要離我這麼近啦……」說真的，雖然他們在一起了，但純潔如她，面對肉食系祝恆還是會怕怕。

他挑眉，「為什麼不行？」

「因為你不懂少女的心！」她、她會害羞啊！

「本大爺是不懂，但狗的心倒是很瞭。」

「喂！」

她還想抗議，祝恆卻已側身一翻，安穩地躺在她身旁。她看他一臉愜意地望著天花板，猜他說不定正在回憶有關這裡的一切。

不過，她和祝恆相處了這麼多年，對他的爺爺竟是一無所知。

「祝恆，你爺爺是個什麼樣的人？」她果然還是先得從他的孫子問起。

他瞥她一眼，沒正面回答，「我爺爺以前是有名的台商，但他賺得差不多就提早退休了，公司也沒留給我爸媽，說是要他們自立自強。」

「哇……好有想法。」姚朵似乎不能想像有錢人的世界，「不過，你爸媽不會不高興嗎？」

「要不高興什麼？等有能力之後，自己賺來的才是錢。」祝恆輕笑：「以後，本大爺也會是那樣的人。」

祝恆的意思應該是，他不會繼承爸媽的溫泉旅館吧！她雖然不明白他為什麼不，卻能懂那一份屬於祝恆的自信和倨傲。

這也是她喜歡他的其中一點。

「好了，如果妳真的想知道我爺爺是怎樣的人，等一下吃飯的時候不就知道了？」祝恆瞥了一下手機上的時間，「差不多該吃飯了，走。」

「喔……」姚朵看著他拿手機，忽然想起一件事，「啊，我忘記打電話給我媽報平安。」

「那還不快去。」

「嗯！我先去房間拿手機，等等跟偲穎一起上去吃飯。」說完，姚朵就跳下床，往房門奔去。

祝恆的鼻子哼了一聲代表應答，等她出了門後，才豁然想起一件事。

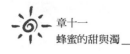

「啊，忘記跟她說那小鬼頭的事。」他抓抓頭，「嘖，真的被這隻笨狗傳染金魚腦了。」

他雖然嘴上這麼說，但眼角還是淡淡地彎了起來。他把手機拿近，將沒說的話打進訊息裡，傳給姚朵。

祝恆：這點小事都還要本大爺幫忙注意，真不愧是笨狗。不過，笨狗果然還是要笨一點才可愛。

02

姚朵回到房間後沒看見偲穎，眼前反倒出現了另一名「不速之客」。

「帕克？你怎麼知道我在這裡？」她驚呼。

帕克正巧坐在她的床上玩她的手機。她雖然心裡有點介意別人碰她手機，但想想他還是小孩子就又作罷。

「我問了路上的人，就過來了！」他笑著說：「姐姐妳剛才去哪裡了？」

「我？我去找祝恆。」她比較關心另一件事：「帕克，我才要問你剛才跑去哪耶。」

「我、我不喜歡有陌生叔叔的地方，就跑去房間躲起來了。」他囁嚅。

陌生叔叔？是指祝爺爺嗎？

姚朵馬上拍拍他的頭，「帕克，人家給你地方暫住一晚，要好好感謝才可以喔。還有……」

她看他一句話都不回，語氣軟了下來：「你什麼時候要回家？爸媽找不到你一定會很擔心。」

事實上她已經決定，他明天再不回家的話她就要報警了，讓警察叔叔直接送他回家最省事。

「不會啦。」他搖頭，「他們又不關心我。」

「怎麼可能……」

「對了，姐姐，這個遊戲怎麼玩？」帕克再度拿起她的手機，指著螢幕上的綠色青蛙。

「啊，你不能亂拿姐姐的手機來玩啦。」她想起自己應該還是要說他一說才行。

「喔！」他嘴上喔一聲，但還是繼續玩。

姚朵也有點懶得跟他說了，「……那個，我們先去餐廳吃飯吧，晚點再跟你說要怎麼玩。」

「我不餓！姐姐也在這裡陪我吧。」他抬頭，笑得燦爛。

「咦？不、不行啦。」

「姐姐陪我嘛！」

「唔……」

「——喂！妳們是要上去吃飯了沒？」

當姚朵正左右為難的時候，門外突然傳來祝恆的大嗓門。姚朵愣了一下，連忙把門打開，看見祝恆一臉不耐煩地迎接她。

「祝恆，你怎麼還沒上去？」

「這句話是本大爺要問才對，我在外面等妳跟偲穎等半天……嗯？怎麼是那小鬼頭？」祝恆從敞開的門看見坐在床上的帕克，眉頭頓時皺了起來。

這笨狗，他都特地傳訊息警告她了，還離這死小鬼這麼近。

「偲穎不知道去哪了耶。帕克怕生，剛才躲在我的房間。」她用一句話解釋現在的情況。

「喔，隨便，反正快上去，本大爺快餓死了。」說完，祝恆一把抓住姚朵的手臂，並往房間內瞥了一眼。

——帕克正瞪著他。

祝恆愣了一下，正想開口，但姚朵什麼也沒發現，還轉頭叮嚀帕克：「你待在房間不要跑喔，我等等拿一些東西回來給你吃。」

「好。」帕克這回乖乖地笑著點了頭。

後來，祝恆一言不發地領著姚朵到餐廳，才發現偲穎和白毓琮也還沒到。他們還在疑惑這兩人去了哪裡時，祝爺爺下一秒就走進餐廳——

「坐。」他走向餐桌上的主位，掃過兩人的目光還是一樣冷淡。

「好！」姚朵連忙應聲，一屁股往祝恆身邊坐下。

祝恆看見餐桌上滿滿的德國豬腳和啤酒，心情甚好地揚起嘴角。姚朵則瞥了他一眼，心裡默默想這傢伙該不會有酒鬼的潛力吧。

當祝恆拿起桌上一塊豬腳開始吃的時候，姚朵提醒他：

「偲穎和毓琮還沒來……沒關係嗎？」

祝恆正要開口，但祝爺爺先說話了：「不用在意那種小事。在我這裡，沒有餐桌禮儀那回事，妳只管吃就好。」

「咦？好……」奇怪，她怎麼覺得祝爺爺說話有點像祝恆？

姚朵抬頭，恰好對上祝爺爺的眼睛。對方的目光雖然不比一般長輩熱情，卻帶有一絲鷹似的英氣。

「妳叫姚朵對吧？」沒想到，祝爺爺竟然接著開口：「……祝恆的女朋友？」

「啊……對！」她在回答之前看了祝恆一眼，發現對方很認真地在吃豬腳，只好自己應對。

「喔？這傢伙從小就沒大沒小，幸好他眼光還算行。」他勾起嘴角。

姚朵愣了一下，沒想到祝爺爺竟會這樣說話！她再度瞥向祝恆，而他果然一臉不滿，但也沒特別說什麼，喝了口啤酒就繼續吃。

「……不過，祝恆也有一般人學習不來的地方，妳得好好看著。」祝爺爺話鋒一轉。

看來祝爺爺也很清楚祝恆的優點。雖然明明祝爺爺和他才是一家人，但姚朵還是忍不住喜上眉梢，像是與有榮焉一樣。

「嗯！我會努力學他的自信！」

「不對，」他打斷她的話，「我是要妳好好支持他。」

「嗯，當然會。」雖然她不明白為什麼對方要特地說這句話，但她還是用力地點點頭。

祝爺爺看看她，似乎還想說什麼，但又打消了念頭，開始用餐。姚朵見這情況，又瞥了祝恆一眼，正好被他的目光逮住。

「看什麼？還不快吃。」

「好啦！」姚朵拿起刀叉，想起祝爺爺說話的樣子，又忍不住笑了起來。他們祖孫，給人的感覺真的很像呢！

祝恆睨著她，「沒事笑什麼？」

「沒事、沒事！」她笑個不停。

「所以本大爺才問妳沒事笑什麼！」

這次姚朵以笑容回答他，祝恆當然是得不到解答了——不過，祝爺爺在用餐時看著這一切，看著看著，倨傲的眉就這麼舒展了開來，像是心裡有了什麼答案。

姚朵：好難想像這世界上有兩個祝恆。但事實上，就算有兩個也不會世界毀滅，真神奇呢！

03

白毓琮被祝恆從房間趕出來的時候，去了一趟據說有很多稀有藏書的書房。

「喂，你這書呆子不是很愛看書嗎？去大廳的另一邊，那裡有我爺爺的書房。」他還記得祝恆一臉不耐煩地說：「別打擾大爺我寵幸笨狗的時間。」

他雖然差點想一爪子過去，但想起姚朵幸福的表情，他還是忍下了這口氣。反正，就算這傢伙再惹人厭，他也能給她笑容吧。

白毓琮覺得自己比起以前似乎更能放下了，因而心情還不錯地離開了他和祝恆的房間。

後來，他的確在書房裡逗留很久。這裡意外地有很多醫學的書籍，他看得很高興。

不久，他在書櫃的間隙看見一個漂亮的背影。

「……偲穎？」

她聽見他溫潤清沉的嗓音，愣了一下，回過頭來。「毓琮？」

「妳也在這裡啊。」

「嗯，我聽祝恆說過他爺爺家有一個很大的書庫，吃飯前就順便來這裡晃一下。」她笑了笑，似乎沒打算走過來，只從那個書櫃的間隙望著他。

剛才發現偲穎的時候，他的確從她漂亮的眼睛裡看見驚訝。不過，還有一點點喜悅。

他意識到當中微妙的情感，便沒有給予太過熱情的反應。應該說，他本來就不擅長熱情。

只是，他似乎曾聽偲穎說過，當自己望著姚朵時，眼中的那份情感已經非常接近人們所謂的「熱情」了。

而他，方才從偲穎眼中看見的也是相同的情緒嗎？

當白毓琮還在思考時，偲穎已經對他揚起溫柔的微笑：「你想起了朵朵嗎？」

「啊。」他為她的敏銳愣了一下，但也坦率承認：「嗯，想到了她。」

偲穎輕輕地笑了，「毓琮你，對朵朵的事果然一直都很坦率。」

「不過，也有想到妳。」

「咦？」

偲穎微怔，從間隙投射過來的視線顫抖了一下。那一刻，她伸出指尖，下意識地將眼前的書往左撥了一格，擋住兩人之間的視野。

「唔。我是說……」白毓琮有點苦惱，他剛才的確是想起有關於偲穎的事，但該怎麼解釋才好呢？

「沒事、沒事，」片刻，偲穎再度笑了起來，「我知道的。」

安靜的書庫內有她輕靈的嗓音碰撞著，讓白毓琮有了她就在不遠處的實感。

然後，他也微了微笑。

「這裡是個好地方，我看見不少好書。」

「嗯，也有很多關於新聞傳播類的書呢。」

白毓琮放下了手中的書，慢慢地往偲穎所在的位置前進，「……新聞？」

「嗯。」她點了點頭，卻沒有說太多。

白毓琮這回卻來到她面前，直直看著她，像是在等她繼續說下去。

偲穎也意識到了，於是笑了笑，並轉正面對他。

「……抱歉，我總是希望你可以對除了朵朵以外的人敞開心胸，卻沒想到我自己也是這樣。」

「我沒有要強迫妳說任何事的意思，不過，」白毓琮想了想，溫和地說：「妳如果能多說一點，我們就都能更了解妳了。」

偲穎淡淡地望著他，想起他一直以來都那麼直率的溫柔。就算他喜歡的人是朵朵，但不可否認的是，他偶爾對她說過的溫柔言語，的確一直支持著她前進。

支持她默默站在身後以那份真心凝望他，支持她……能把這份好不容易見光的暗戀走下去。

他說對了，無論是朵朵或他，或她都一樣，從來就捨不得放棄心裡的那個人。因為，「那個人」總是在自己快要放棄的時候，給了他們一道能堅持下去的光芒。

「……毓琮，我想選新聞系。」她忽然說。

「新聞系？是妳爸媽希望的嗎？」

「不，這是我自己的意志。」她笑了笑，深深地望向他，「這件事我還沒有跟任何人說。」

他回望，「嗯？」

「總之，我第一個告訴你了。」她將髮絲勾到耳後，漾起一抹有溫度的笑容。

白毓琮很少看見將心裡話坦白出來的她，有一瞬間感到不是很自在。不過，對任何人來說，這一定都是好的開始。

「嗯，加油吧。」他輕輕點頭。說完，他四處張望，像是在尋找時鐘，「現在幾點？我們好像差不多該去餐廳了。」

偲穎看了一眼手機上的時間，想了想，就跟他說：「還沒呢，可以再晃個二十分鐘。」

「這樣啊，太好了。」他指向書庫的另一邊，「我還想去那邊看看有關藥學的書，妳呢？」

「我嗎？我的話……」

那一刻，偲穎神秘地漾起了優雅的笑，「我也去吧。」

徐偲穎：時間到了也沒關係，多花一點心思努力的話，魔法就不會消失喔。

04

姚朵吃飽喝足的時候，偲穎和白毓琮才姍姍來遲。偲穎笑說是自己看錯了時間，白毓琮則一直向她道歉。

不過，姚朵認為讓他們兩個單獨留在餐桌上也是一件好事。她也不是故意要撮合他們啦！只是，多一點時間相處，也能多點機會了解彼此嘛！

姚朵在心裡說服自己，便歡天喜地地跟著祝恆離開餐廳。

回到房間後，姚朵發現原本應該要在裡面乖乖等她的帕克又不見了。她嘆了口氣，只好把替他外帶的一些雜糧麵包放在桌上，就轉進浴室洗澡。

晚上七點時，姚朵走出房間，想在大宅裡把那個到處亂跑的調皮小鬼找回來。不過，當她經過廚房那一刻，就被裡面傳出的濃濃咖啡香給吸引了。

「哇，好香……」她站在廚房外面，卻也不敢隨便走進去。

突然，沉穩的腳步聲響起，她看見祝爺爺端著一杯咖啡走了出來。

她微愣，「啊，祝爺爺。」

祝爺爺點頭當作回應，便抬手指向廚房裡面，「妳進來。」

姚朵連忙跟了進去，發現祝爺爺停在一台咖啡機前面。沒多久，他就替她也沖了一杯咖啡。

「以前，我老婆很喜歡這種咖啡豆的香味。」他將咖啡拿給姚朵時，冷不防說了一句。

老婆？啊，對了，她都沒有問過祝恆的奶奶在哪裡。

她抬起眼，對方卻似乎已經知道她想問什麼，便說：「她幾十年前就已經離婚再嫁了。」

「……離婚？」她震驚。

祝爺爺不理會她，繼續說：「我野心很大，還出國做生意。久了之後，她覺得我的心老是在國外，就跟我離婚了。」

「是、是嗎……」

她替祝爺爺感到可惜，但似乎又能理解他前妻的心情。自己的老公老是在國外打拼，如果是她一定也會感到寂——咦？

姚朵抬起頭，撞上祝爺爺似乎已經意會的目光。

「我要說的就是這個。」他的視線閃過一道銳利的光，「祝恆他跟我很像，將來也肯定大有成就。但妳，或許得忍受他時常在國外工作。到那個時候，妳還能支持他嗎？」

「……」

其實，這一點她早就想過了。她早就知道祝恆的舞台會在外面的世界上，到那時候，她一定會比現在還寂寞，可是……

「可是，祝爺爺說的那些顧慮，全都是我喜歡祝恆的原因。」她有一點不好意思，但為了讓祝爺爺明白，她還是豁出去了：「他的確不可能被綁住，但我也不想綁住他。因為，勇往直前追求理想的祝恆才是我最喜歡的！」

她的宣言讓祝爺爺嘴角上揚，「妳還真有自信。不過，真像是那兔崽子會選擇的女人。」

兔崽子……在、在說祝恆嗎？

不過，因為她了解祝恆，所以此刻才能了解祝爺爺是在稱讚她。她搔了搔頭，不知怎麼地就想補充一句：「……我覺得，不管他去了哪裡，最後一定會回來找我的。」

「喔，是嗎？」他輕笑。

姚朵正想回答，沒想到，背後就恰巧傳來了一聲大喊：

「喂！朵朵，妳在這裡嗎？」

她愣了愣，觸及祝爺爺的目光，雙方都忽然會心一笑。

她回頭，祝恆果然就正好走進廚房，「朵朵？」

「……祝恆！」她笑著跑過去。

「嘖，本大爺就知道妳這笨狗會往有食物的地方走。」他摸摸她的頭髮，然後頭一抬就看見他爺爺，「……嗯？你們在這裡說什麼悄悄話？」

祝爺爺喝一口手中咖啡，鼻子便哼了一聲，「老子在幫你確認，你未來老婆會不會跟你離婚。」

「離婚？她敢！」祝恆瞥一下像隻狗巴著他汪汪汪的姚朵，「放心好了，這傢伙永遠只會在本大爺身邊轉。何況要是她敢走，本大爺就一輩子都把她囚禁在身邊。」

囚禁？呃……

呃等等，她幹嘛臉紅啊！

「喔，那樣的話很好。」

說完，祝爺爺就往廚房外的方向走。經過祝恆身旁時，他以低沉的嗓音說：

「崽子，被囚禁的應該是你。」

「啊？說什麼啊？」祝恆回頭看他爺爺。

姚朵跟著回頭，卻沒聽見他們兩個在說什麼，只觸見祝爺爺那意味深長的目光。

「意思是，她才是你的主人。你，才是被她主宰的那個。」

——因為你的心，永遠都離開不了她。

祝恆愣了一下，連帶姚朵都一臉懵逼。

不過，祝爺爺也沒打算再說什麼，輕笑一聲就離開了這裡。

祝恆：哼，誰囚禁誰有這麼重要嗎？反正，那隻笨狗會一直在本大爺身邊，這無庸置疑。

05

祝恆把姚朵帶回房間後，就說要先去洗澡了。才剛見到祝恆而已，姚朵當然有點捨不得，不過祝恆果然很懂自家笨狗的套路，趁她不注意時在她嘴上親一口就算是寵幸完畢。

等祝恆出了房門，姚朵才想起自己原本的目的——

「啊，我忘了去找帕克！」

她一邊懊惱自己怎麼可以這麼健忘，一邊從床上跳起來。她正要走出去時，口袋裡的手機叫了一聲。

暴君：在房間等本大爺，別又給我亂跑。

「……啊，祝恆真是料事如神。」她洩氣地往床上一坐。

她懶洋洋地躺倒在床，將手機舉到自己面前。這時，她忽然看見訊息的上一行寫著——

暴君：小心那個叫帕克的小鬼頭，他把妳搶回來的錢包丟在路上，那根本就不是他的東西。

「咦？奇怪，我沒看過這個訊息。」她皺眉，「但為什麼已經已讀了？」

她拿著手機，左看右看，就是想不透為什麼沒看到祝恆傳的這則訊息。看看時間，似乎是幾小時前傳的——大概在她去餐廳吃飯之前吧。

想了半天，她依然摸不著頭緒。後來，那個走出去就像弄丟的小鬼頭卻突然自己回來了。

帕克幾乎是連門都沒敲就直接衝進來，把姚朵嚇得差點連手機都掉了。因為那則訊息的關係，姚朵的反應又變得特別大。

「姐姐，妳怎麼嚇了好大一跳呀？」帕克依然笑著，靈活的眼珠子看了姚朵手中的手機一眼。

姚朵下意識把手機握緊，放在身邊，還乾笑幾聲：「哈！因為你突然出現啊。帕克，你剛才去哪裡了？」

「我去找地方玩了！這裡的後院很大、很漂亮喔。」

「是、是嗎？」姚朵沒把心思放在他說的話上面，而是看了桌上的麵包一眼，「對了，你先去吃麵包吧，一整個晚上都沒吃可不行。」

「唔，姐姐，我想先去洗澡。」他伸手給她看，掌心上沾滿了泥巴。

「咦？怎麼這麼髒！」她嚇了一跳，連忙抓著他進浴室。

帕克笑著跟進去，「我剛才在花園玩呀！」

「好吧，你快點去洗澡！」

姚朵覺得，自從她來了慕尼黑，就搖身一變成為大媽，還當了小鬼帕克的貼身保姆。

唉，要是帕克真正的爸媽可以趕快把他領回去就好了。

把帕克趕進浴室裡之後，浴室裡又傳來了他的聲音：「姐姐！外套都是泥巴，怎麼辦？」

姚朵一聽，馬上說：「你先丟出來，我幫你問問能不能洗一洗好了。」

「好！」帕克從浴室裡大喊一聲，就把外套從上方的縫隙扔了出來。

姚朵一個飛躍接住，還在讚嘆自己怎麼這麼會跳，就聽見一個東西落地的聲響──往下一看，她那個失蹤一整天的粉紅色錢包就在地上。

「我的……錢包？」她蹲下來撿，上方還沾了一些泥土。

她呆呆地望向近在眼前的外套口袋，再望向隱隱約約傳來孩子歌聲的浴室，忍不住從腳底涼到頭頂。

這麼說，她的錢包並不是扒手拿走的……

「為什麼……」為什麼帕克要偷走她的錢包？而且，祝恆說過那個黑色錢包也不是帕克的東西。

那麼，他到底為什麼一直跟在他們的身邊？

姚朵的手中緊緊抓著自己的錢包，六神無主，不曉得該怎麼辦才好。她手一鬆，外套落到地上的聲音讓她驚醒，腦中瞬間掠過祝恆的身影。

「對了，得先跟他說……」她拿起手機，打了通電話給祝恆，但對方沒接，想來是還在洗澡。

她把手機放回口袋，又看了浴室的門一眼，決定坐著等祝恆來找她。

後來，帕克先洗好了，一出來就看到姚朵神情複雜地坐在床上。

帕克揚起笑容：「姐姐，妳怎麼了？」

「……啊，沒事。」她笑著搖頭。但不擅長說謊的她，又恢復了那副表情。

帕克看了看她，也沒多問，就又跟她借了手機來玩。姚朵想拿手機轉移帕克的注意力，於是就借給他了。

然而，當她把手機交到他手上時，這才想通那則來自祝恆的訊息被已讀的原因。

……是帕克這傢伙偷看的吧。

奇怪，他明明知道祝恆在懷疑他，為什麼不把訊息刪掉呢？

姚朵望向帕克漂亮的側臉，那雙精緻又澄澈的眼睛怎麼看都不像壞人。更何況，他還只是一個孩子呢。

她想，他或許只是想引起他們的注意而已。

想到這裡，姚朵就覺得她有必要直接問清楚。

「帕克。」

「嗯？」帕克連頭也沒抬。

她深吸一口氣，認真地問：「……你為什麼要說謊？」

帕克一聽，緩慢地抬起頭來，那雙混血的眼睛靜靜地望著她。

姚朵從口袋裡拿出沾了泥巴的粉紅色錢包，繼續問：「為什麼要……偷走我的錢包？」

那一刻，時間像被握在他手裡，緩慢得異常安靜。然後，她親眼看見帕克那雙清澈的眸子，在那一瞬間染上如蜂蜜般甜膩混濁的顏色。

白毓琮：我親眼看到那小孩拿著蜂蜜罐跑來跑去，從來不離身。啊……該怎麼拿回來才好。

章末

青春不乏

01

姚朵不明白帕克的轉變，看著他的表情，她甚至也不曉得要怎麼問下去。不過還好，帕克自己做出了反應，從床上跳下來之後，他沉沉地望著她困惑的臉。

「……姐姐，妳討厭侏儒嗎？」

侏儒？什麼侏儒……

姚朵絞盡腦汁，極力在空盪的腦袋中搜尋有關侏儒的知識……啊，她好像看過一個電影，裡面在講侏儒其實就是因為疾病，所以才長不高……咦？

姚朵震驚地望向他。

「妳嚇成那個樣子，應該就代表很討厭吧？」他的神情更沉，聲音也不像之前一樣那麼高亢清脆。

「不、不是討厭，只是……」天啊，難道帕克他不是十歲小孩子嗎？

「……」

姚朵還在發愣，帕克的眼中卻閃過了異樣的情緒。他跑到桌子旁邊，將姚朵親手送給他的蜂蜜罐拿走，便衝出房門。

「咦？帕克，你要去哪裡！」姚朵從床上跳起來，連忙追了出去！

大宅裡肯定有很多地方能躲，於是姚朵邊跑邊想著，她可絕對不能追丟。她把自豪了很久的跑步技能在此刻發揮到極致，可她發現帕克也真的不是蓋的，左拐右彎就是讓她追不到。

好吧，至少她看得到他的車尾燈。

她繼續追，追到轉角，帕克一個急轉彎又把她給甩了。她不放棄，對著前方大喊：

「帕克！你、你先停下來聽我說！」

這時，一個嚴肅的聲音攔截了帕克的腳步——

「——喂，你總該鬧夠了吧。」是祝爺爺！

姚朵稍微放慢腳步，在前方轉角停了下來。她往右看，祝爺爺就站在那裡，正好擋住了帕克的去路。

「……祝爺爺？」姚朵邊喘氣邊注視他們。在逆光的燈下，帕克的背影顯得很僵硬。

祝爺爺越過帕克，將目光投射在姚朵身上。「我說妳，也太關心這小鬼頭了，哪時候被反咬一口都不知道。」

「咦？不，帕克他沒有害我。」她連忙搖頭。

他挑眉，「是嗎？那妳手上的錢包是被誰偷的？」

「唔，祝爺爺你怎麼——」

「怎麼知道是嗎？哼，這傢伙的把戲我看過太多遍，都要會背了。」說完，他往帕克的臉上一睨，「別因為你爸想回台灣，你就在這裡鬧我孫子他們。我沒揭穿你是給你爸面子，但你真的太胡鬧了。」

他一連串的訓斥，聽得姚朵根本就摸不著頭緒。她正要發問，祝爺爺就開口了：

「剛好你們都在，我就把這事說清楚。」

你們？姚朵往左一看，白毓琮和偲穎正好從二樓餐廳下來，一頭霧水地望著他們。

姚朵決定搞清楚，「祝爺爺……帕克到底是……」

「這小子名字叫王克，是我管家的兒子。」祝爺爺睨了他一眼，「最近王管家說想搬回台灣住，我準備讓他去我兒子的溫泉旅館幫忙。但這傢伙一直在胡鬧，說什麼不想回去。」

這麼說，帕克說他的爸爸是中國人，那也是騙人的吧。

「……為什麼不想回去？」白毓琮望向一言不發的帕克，似乎根本無法理解他。

「我……我討厭台灣！討厭亞洲人！」他忽然轉過身來，整張臉都氣紅了，「你們都偽善，在別人後面說壞話！」

他的控訴讓姚朵不知所措，這時，偲穎輕輕走過來，溫柔地問：「哪個人說了讓你不高興的話嗎？」

「太多了！」帕克愈說愈生氣，「以前在台灣讀小學，他們都偷偷說我長得跟他們不一樣！說我……像是大人裡面的侏儒！你們也是，在背後說我奇怪！其實、其實姐姐妳一點也不關心我吧！」

可、可是他的一連串行為是真的很奇怪啊……！而且，她怎麼可能不關心他？

但，像是大人裡的侏儒……「帕克，你現在幾歲？」她追問。

祝爺爺代替他回答：「他現在才八歲。」

八歲？她還以為他已經十幾歲了！

姚朵這才明白，原來他並不是真的侏儒。她想，應該是混有外國血統的帕克在亞洲人裡顯得特別瘦長，而那些傢伙為了擺脫自卑，才特別笑他是大人裡的侏儒吧！

看見他的處境，她突然想起以前那個因為身材瘦小而被大家霸凌的白毓琮。雖然情況不同，但受到的傷都是一樣的。當她望向白毓琮時，對方也以相同的目光看她。

這世界上……是有很多美好的事，但，也有很多能讓別人的人生變得一片混濁的壞事。

姚朵的目光灰暗下來，靜靜望向臉上參雜著傷心與怒氣的帕克，開始聽他以不成熟的語調說清楚這陣子發生的事情——

姚朵：因為那些不幸的人，我更慶幸自己的青春裡有你們。那樣的我，心裡永遠不乏溫暖。

02

原來，帕克在穀物市場遇見他們時，就已經認出祝恆的樣子了。畢竟，祝恆無論是說話還是長相，都跟祝爺爺有九十分的神似。尤其，聽到姚朵喊他「祝恆」的那刻，他就知道這群人便是王管家口中說這幾天要來造訪大宅的貴客。

但是，他實在是很討厭除了爸爸以外的亞洲人，更因為爸爸想回去台灣那間溫泉旅館工作，所以他又更討厭祝恆了。幾乎是當下，他就決定要故意接近他們，好好地惡作劇一番再走。

所以後來，他雖然作勢跑走，但其實一直都很注意姚朵他們的一舉一動。包括姚朵和祝恆為了他爭吵的事情，他都看在眼裡。

那時，他為了要再跟這些人有更進一步的接觸，於是偷偷地把姚朵的錢包偷走，還嫁禍給經過那個路段的扒手。也就是說，那個黑色錢包根本是屬於某個不知名倒楣鬼的。

「……可是，你沒想到會被開車來接我們的祝爺爺發現吧？」姚朵問。

帕克愣了一下，沒說話，反倒是祝爺爺開口：「老子那時候沒有揭穿他，只叫他上車而已。誰叫他後來要繼續胡鬧？幼稚的崽子。」

聽了祝爺爺的話，姚朵又再次體認到他跟祝恆的個性真的是一模一樣。

被罵幼稚的帕克似乎很不滿，白皙的臉頰上又漲得更紅。他指著姚朵身後，就開始大吼：「我沒有錯！反正你也很討厭我，那我討厭你又有什麼不對！」

姚朵還在困惑他指誰，一回頭，就看見祝恆站在那裡，而且好像已經站了一段時間。祝恆注意到她的目光，看她一眼，那眼神像在說「本大爺不是叫妳別亂跑嗎」一樣。

但祝恆沒先跟她說話，他勾起嘴角，用銳利視線迎向氣呼呼的小鬼。

「嘖，還以為你是個來路不明的臭小鬼，沒想到竟然是王叔家的小屁孩。」

「我、我才不是小屁孩！」

「是嗎？那麼，你為什麼要搞一堆事？還對我們說一堆謊？」祝恆的目光變得嚴厲，「還有，你說錯了，本大爺不會無緣無故討厭人。要不是因為你一開始就謊言連篇，我才懶得討厭你。」

「我……那是因為……」帕克想解釋，但他年紀太小，而又理虧在先，似乎找不到合適的用詞能反駁。

他一轉頭，就對上姚朵擔心地望著他的眼神。那一刻，他的心像是被誰緊緊抓了一下，連同那份複雜的情緒在腦海中一起爆炸開來。

他狠狠咬牙，氣得就這麼從大廳衝了出去。

「帕克！」

姚朵驚呼一下，便拔腿追向玄關，跟在帕克的身後衝出大宅。白毓琮和偲穎也沒多想，很快地就跟著姚朵的腳步追出去。

祝恆「嘖」了一聲，正要跟出去，但祝爺爺在這時叫住了他：

「那種孩子，不像是你這傢伙會想管的。」

祝恆回他：「這我當然知道，但朵朵總是要我多管閒事，本大爺有什麼辦法。」

「是嗎？」祝爺爺勾起了嘴角，「祝恆，我看你也挺樂在其中的。」

「……說什麼樂在其中，」祝恆的目光平淡下來，但嘴角卻學著他輕輕地上揚了，「那也只是因為我不想看到那隻笨狗難過而已。」

「喔？」

「更何況，她的『多管閒事』，也是本大爺一直勉強覺得她可愛的地方。」

「嘖，真是嘴硬。」

「哼，你也不遑多讓。」

祝恆說完，和眉宇舒展開來的祝爺爺相視一眼，便轉頭跟上門外的那群人。雖然在他人眼裡，可能永遠都搞不懂這對祖孫倆的相處方式，不過對祝恆來說，這個男人絕對是他最尊敬的長輩，這點無庸置疑。

相對的，他知道爺爺也一直以自己為傲。所以，這次的德國行，他才會要他將姚朵帶來，親自看一看這位女孩到底適不適合他吧。

如果他想得沒錯的話，那隻笨狗在爺爺眼裡應該是合格了。

想到這裡，他的眉宇又添了幾分愜意。

幾秒後，祝恆輕易地追到了白毓琮和偲穎，但似乎沒看見姚朵和帕克。偲穎看他追了上來，便說：

「祝恆！他們轉進了前面的巷子，你快點過去看看。」

「那當然。」

祝恆正想叫他們不要擔心，這時，前方巷子卻突然傳來再熟悉不過的尖叫聲——

「啊——」

三人愣了一下，是姚朵的聲音！

「……可惡！」他啐了一口，連忙用最快的速度往姚朵的方向衝去。

祝恆：無論如何，朵朵這笨蛋傢伙本大爺絕對會守護到底。

03

當姚朵快要追上帕克的時候，她只聽到遠遠傳來一聲慘叫。她驚愕抬眼，發現帕克竟然被一名男子壓在牆上，嘴裡不斷凶狠地罵著她聽不懂的語言。

那時，她匆匆一看，這才認出那男子就是在穀物市場被祝恆打趴在地上的傢伙！

「帕克……！」她驚嚇大喊，那名男子立刻轉頭看她，凶惡的表情像是已經認出她一樣。

「姐、姐姐……唔！」

帕克的脖子似乎被掐住了，貼在牆上不斷掙扎，臉頰漲得比剛才更紅。姚朵一緊張，看見那傢伙手上沒武器，就衝上去拉扯男子的手臂。

「喂！放開他！」

姚朵的力氣還算大，她使勁往後一拉，男子就鬆開了一隻手，但另一隻手還是緊緊地抓著帕克。男子見姚朵多管閒事，就朝她揮了一拳，卻被她靈巧地閃過。

姚朵見這時有機可趁，立馬撲上去狠狠咬了他的手臂一口，男子隨即慘叫！

「帕克！」

她緊急向他呼喊，從男子手中逃脫的帕克便一臉驚恐地衝向她身邊：

「……姐姐！」

「你沒事吧？」她急著問他狀況，卻沒發現身後有人正在接近她。

帕克大吼：「姐姐！小心！」

姚朵一愣，回身就看到男子拿著小刀向她衝來！她驚叫一聲，腳像被釘在地上一樣寸步難行。

那一刻，她的身後傳出了一聲咆哮——

「過來！」

祝恆及時趕到，用力地將姚朵的手臂往旁邊一拉，讓男子重心不穩地急煞住！他們回過頭，男子嘴上仍髒話不斷，握緊小刀作勢又要衝來。

「Police!」

隨後趕到的偲穎在他們身後大喊，嚇得男子趕緊停手，並頻頻往偲穎的方向看。

下一秒，男子不甘心地啐了一口，高舉小刀狠狠地往帕克的方向丟去！姚朵就在他身邊，連忙轉身緊緊地抱住帕克。

「——朵朵！」

祝恆拔腿衝了過去，想護住她，可所幸男子的小刀丟歪了，恰好砸到姚朵身後的牆壁上。

姚朵心有餘悸地回頭看，那男子已經轉身往偲穎的方向逃，似乎是想逃離這裡。

「偲穎！小心！」姚朵焦急地喊她，希望偲穎能及時閃開，但對方似乎跟自己一樣從來沒有遇過這種狀況，站在原地嚇呆了。

這時，白毓琮也衝向了偲穎，用整個身體飛撲過去，將她撞離男子逃離的路線上。

「臭小鬼，把地上的蜂蜜罐給我！」祝恆忽然對帕克大吼。

帕克聽了，連忙把剛才滾落地上的蜂蜜罐丟給祝恆。祝恆接下後，將蓋子轉開，並瞄準扒手的頭奮力一丟！

「啊啊啊——」

罐子精準地砸到了他的頭！裡頭的蜂蜜立刻噴灑出來，遮掩住男子的視線。祝恆見狀，立馬衝上去壓制他。

「該死的傢伙！到底是要被我揍幾次啊！」祝恆懶得用英文，直接對著扒手的後腦杓破口大罵。但對方已經被那個罐子打暈，也無力再反抗了。

姚朵此刻才真的叫心有餘悸，她緊緊地抱著嚎啕大哭的帕克，一邊安撫地摸摸他的頭，一邊真正地放下心來……

「沒事了、沒事了……」她輕輕地說。

帕克也緊緊地抱著她，「嗚嗚……對不起，都是我亂跑……」

「沒關係、沒關係，反正我們都沒事了，你不要放在心上。」說完，她轉頭望向祝恆，對方也回給她一個要她安心的目光。

一旁，白毓琮輕輕地放開了驚魂未定的偲穎，自己也終於鬆了口氣。

「毓、毓琮，謝謝你。」她下意識抓住了他的手臂。

他點點頭，「……沒事就好。」

雖然，他也很意外一向只在意姚朵的自己，竟然會飛奔出去救偲穎。

不管他將來是否還能喜歡上誰，他都不再會是那個為了姚朵的事情而變得迷失的白毓琮。

而這一切，都要感謝在他的青春裡閃耀的他們吧。

白毓琮靜靜地回頭，看著經過的路人替他們報警，也看著帕克在姚朵的面前邊哭邊撒嬌，更看著祝恆以無奈卻關愛的目光望著那兩人。

最後，他望向偲穎，與她相視一笑。

回到大宅後，王管家聽說了消息，馬上焦急地從二樓狂奔下來。當他看見自己那個調皮的兒子時，他也顧不得他到底搞了多少麻煩事，終究還是緊緊地將哭哭啼啼的他給抱緊在懷裡。

姚朵看著這一切，雖然荒謬了點……但真是太好了啊。

「話說回來，為什麼那個扒手總是在我們附近晃來晃去啊？」姚朵真的很納悶。

「誰知道？搞不好是那臭小鬼亂偷錢包的報應吧。」祝恆聳肩。

姚朵瞪他，「喂！祝恆，你幹嘛一定要這樣說啊。」

「本大爺又沒說錯。」

「唔……姐姐，真的很對不起。」帕克離開爸爸的懷抱後，又跑來姚朵身邊，支支吾吾地想向她道歉。

「我沒關係，但你記得下次別再亂惡作劇了啊，偷錢可是犯法的喔！」她當然也不忘要機會教育一下。

「嗯！」帕克大力地點點頭。

祝恆看看他，忽然問：「小鬼，你還覺得亞洲人討厭嗎？」

「唔。」像是被戳到痛點，帕克的小臉一紅，似乎很不好意思，「那、那個只是我亂說的。雖然同學他們真的很討厭，但是你們……」

「……我們？」偲穎勾起一抹微笑。

那一刻，帕克望著他們，綻放的笑容只剩下清澈的蜜色。

「謝謝！」

然後，所有人都笑了。

白毓琮：他們在我逐漸變得美好的世界裡扮演了重要的角色……雖然很不想承認，但那傢伙的確也有份吧。

04

後來，姚朵其實挺好奇為什麼帕克要一直拿著那個蜂蜜罐。

「因為是姐姐妳送我的啊。」果然呢，小孩子的回答就是這麼單純。

雖然，祝恆差點就跟這個臭小鬼吃醋，指著他的鼻子唸了好幾句，要他小小年紀別搶他女人。當然了，祝恆也狠狠被姚朵以「不要跟小孩子計較」的名義懟了一番，離走前，她還依依不捨地抱了帕克一陣子，悶得他七竅生煙。

總之一個禮拜後，一行人結束熱鬧的德國之旅，終於回到了台灣。

班上的人很羨慕他們，姚朵本來還想拿幾個名產出來炫耀，才發現自己那幾天忙著玩，看遍了漂亮風景，卻連一罐蜂蜜還什麼麵包的都沒有帶回來。

「……其實我本來想從帕克那邊拿回蜂蜜，但被祝恆給丟了。」白毓琮經過她的座位時，面帶歉疚地說。

她不懂，「咦？為什麼要拿回來？」

「還不是妳沒吃甜食就會一臉衰樣，白毓琮那小子都看不下去了吧。」

姚朵愣了一下，氣得轉頭對祝恆大叫：「我才沒有那樣！」

祝恆滿不在乎地走過來，一巴掌拍在姚朵頭上，「隨便，反正以後妳去德國的機會多得是。」

「嗯？為什麼？」她問。

「……嘖，笨狗就是笨狗。」祝恆白了她一眼，丟下她就去走廊沖洗便當盒。

「幹嘛又罵我笨！」姚朵完全無法理解他。一回頭，她對上偲穎滿臉的笑意，還有白毓琮那「試圖」放下一切的表情。

「朵朵，祝恆的意思是妳如果成為他老婆，去見他爺爺的機會當然很多囉！」偲穎善解人意地為她解釋。

「……」她呆了一下，才有一點難為情地往外頭望去，「真是的，這種事情不說清楚我怎麼可能會知道嘛。」

白毓琮也默默地覺得她有點呆，但也不曉得該怎麼加入這話題，就拿著吃光的便當盒出去了。

「啊，對了，偲穎。」見到白毓琮的背影，姚朵才想到：「妳和毓琮在德國的時候，有多聊了什麼嗎？」

「嗯……」

她輕柔地沉吟一聲，漂亮的眉睫錯落著從窗外投進來的光影，那一刻，姚朵覺得她變得比以往更美麗了。

「有，不過，毓琮也顯然對我沒有感覺呢。我相信，他一定還很喜歡妳的。」

「偲穎……」

她正苦惱著要怎麼接話，但偲穎抬起眼來，以溫柔的目光望著她：

「朵朵，我覺得這樣很好喔。」

「咦？」她愣住。

「是妳讓他懂得喜歡一個人的感覺，也是妳讓他懂得放下一個人。」偲穎望著白毓琮在門外的背影，望著他似乎快要跟祝恆吵起來，卻還是努力地維持著分寸的側影，她淡淡一笑：「朵朵，謝謝妳讓我正要開始努力追求的對象，能夠成為這樣溫柔的一個人。」

她聽了，也能感受到來自偲穎的真心感謝。雖然，連她都不認為白毓琮短期內有辦法在心裡產生什麼變化，但她也為偲穎深深高興著。

不過，她還是要說：

「哈，妳別亂說了，毓琮本來就是一個很溫柔的人啊。」

「那倒是。」

那一秒，她們相視一笑，便跟著兩個男人的腳步走出教室。

「喂，朵朵，妳過來看。」祝恆發現她跟出來了，就揮揮手招呼她。

姚朵不明白祝恆要做什麼，直到他的手越過欄杆，指向一樓操場為了明天的畢業典禮所設置的大屏幕後，她才明白了他的用意。

屏幕上擺滿了應屆畢業生的生活照，其中那張最大的，就是他們四個在運動會的大隊接力上拼命的模樣。照片中，身為最後一棒的祝恆正在衝刺，而老早就跑完第一棒的姚朵就站在場外興奮叫喊。身旁，偲穎開心地拉著姚朵的手臂，難得活潑地跳起來為祝恆加油打氣；最後，那時的白毓琮雖然比現在更不喜歡祝恆這個人，但目光還是緊緊鎖著他的身影，像是為了兩個女孩的心情祈禱著勝利。

姚朵還記得，那次的大隊接力他們班獲得了第一名。而祝恆披著紅色衝線帶，一身傲氣地朝三人衝過來的模樣，也是那天他們最感動的時刻。

「哇……竟然把我們四個放照片牆的封面。」

祝恆看看大驚小怪的她，忍不住勾起嘴角，「嘖，還不是因為本大爺特別帥。」

「是是是，你最帥了。」她也分不清楚自己是不是在敷衍他。

「……以後畢業了，不知道還有沒有這樣的機會呢。」偲穎忽然說。

「什麼意思？」

「也就是說，我們一起完成每一件事情的感覺。」說完，她認真地笑了笑，「不是嗎？從國中到現在，我們總是在一起。」

姚朵愣了愣，認同偲穎的確是說到重點了。從那時候到現在，他們總是沒有分離的時刻，彷彿在彼此的青春裡，少了誰就不是完整的一塊。

而今，他們即將畢業。雖然不是沒有經歷過，但總是會有一點寂寞吧。

「那種事情，根本就不需要擔心。」祝恆打斷了她們，背靠著欄杆說：「不一定要一直在一起，才叫參與彼此的人生。難道你們上了大學，就會跟大家斷了聯絡嗎？」

「那當然不會！」姚朵用力搖頭。

「……雖然不知道之後會去哪裡，但我一定會盡力跟大家約見面的。」偲穎回答。

祝恆望向白毓琮，而他也冷靜地說：「我認為很難。畢竟，我們都不是那種健忘的人。」

「那就對了。」

他展開一抹笑容，蘊藏著所有曾支持他們前進的力量。那股力量，不只來自本身，也來自於彼此。陽光也好，雨季也好，無論是什麼樣的天氣，他們總能撐著那把適合的傘，一起堅定走過吧。

「喂！你們幾個，有幾間學校好像已經放榜了喔！快來看看。」

那一刻，姚朵回頭，在他們準備好和這份寂寞的心情相處之前，人生似乎就已經為他們傳來了嶄新的預告——

徐偲穎：我從來就不覺得自己是最溫柔的人。在我的青春裡，最溫柔的是你們。

05

朵朵寶貝：怎麼辦，我好緊張，怎麼睡都睡不著。
祝恆：笨狗！現在才早上六點多！妳居然敢吵醒本大爺！
朵朵寶貝：哎唷！我真的睡不著嘛。
祝恆：睡不著不會把自己打暈？
毓琮：不要欺負朵朵。
祝恆：你就不能換一句嗎？
毓琮：誰叫你還是這麼愛欺負她。
祝恆：嘖，我的女人我要怎麼欺負就怎麼欺負。
毓琮：變態。
祝恆：靠！你今天就不要來學校！
朵朵寶貝：喂，別吵啦！
毓琮：今天是畢業典禮，哪可能不去。
她在轉亮的天色中漸漸醒來。一看手機，那三人又把群組搞得那麼熱鬧了。她微笑，在手機鍵入幾個字。

穎：我也醒了，你們精神真好。
祝恆：哪裡好？本大爺還想睡三小時。
毓琮：睡了你就錯過畢業典禮了。
祝恆：你以為本大爺是白癡嗎？還需要你特別說？
毓琮：……朵朵，可以把他踢出去嗎？
朵朵寶貝：呃……
祝恆：靠！妳敢！
穎：呵呵。

放下手機，她開始整理那頭及腰的長髮。二十分鐘過去，她才把自己打理好。看了看時間，六點五十，正好可以出門搭車。

出門前，她看了一下手機，名為「吵吵鬧鬧」的群組還在叫個不停。輕輕一笑，她將此刻迸流的感觸放進心底。

他們四人，一直都在彼此的青春裡喧鬧，不曾停歇。

到了教室，他們為彼此別上胸花。鮮紅的花朵別在胸前，真有幾分離別的味道。不過，教室的氣氛還是很吵鬧，彷彿刻意避開了不捨。

「毓琮，你今天好帥啊！」姚朵渾身散發母性光輝，像是看孩子終於長大。

「真的嗎？」他靦腆笑笑，搔了搔特別整理過的頭髮。

「嗯，很好看喔。」偲穎也說。

「喂！」祝恆把她的肩膀扳過來，指著自己梳了單邊造型的頭髮，「本大爺不帥嗎？」

「帥啦！」說完，姚朵絞了絞手指，小聲地說：「你一直都很帥。」

「哼，那是當然。」

「我的眼睛……」偲穎遮住了自己雙眼，而白毓琮不發一語，默默地拿出墨鏡。

這時候，學校的鐘聲響了，代表他們該去禮堂參加典禮了。姚朵看了一眼時鐘，覺得時間過得好快。

祝恆抓住她的手，低聲催促：「走了，不要發呆。」

這一天的確過得很快。一眨眼，祝恆和白毓琮就領完市長獎了。再過一會兒，身為畢業代表的偲穎也致詞完畢。

禮堂中開始播放畢業歌，聽著聽著，她有了幾分欲淚的衝動。不過，一看見其他三人的笑臉，就忽然又哭不出來了。

不管在哪裡，他們心跳的頻率都會是一樣的。一樣熱鬧、活躍，帶著滿滿的溫暖。

「朵朵，學校的部分還好嗎？」

出了禮堂，他們往校門口的方向走。途中，偲穎這麼問她。

「嗯！推甄沒問題！」還好祝恆有替她惡補，她笑，「妳呢？不是要考第一志願嗎？」

「不，我選了別間學校。」偲穎望向前方，目光洋溢著自由，「我想當主播，選了新聞系。」

祝恆挑眉，「妳爸媽不反對？」

「有一點，不過他們認為主播也很有前途。」她溫柔笑笑，「總之，這是我的夢想。可以朝著夢想前進了，我很高興。」

「哇！恭喜妳！」姚朵握住她的手。

「恭喜。」白毓琮微笑，以早就意會的目光望著她。

「上了就好好學，沒當上主播別來找我們哭啊。」祝恆還是一樣。
「知道了。」她轉向毓琮，「你呢？醫學系沒問題吧？」
「嗯，沒問題。」毓琮的眼中閃爍著光，「我絕對會努力的。如果你們生病了，歡迎來找我。」
才不要。
最後，眾人的目光聚集在祝恆身上。他的嘴角上揚，高傲地給他們一個滿意的答案。
「看什麼？本大爺怎麼可能考不上？」他低聲笑，「以後，外交系就是本大爺的天下。」
三個人替那位大人歡呼。後來，姚朵意識到一件事。
「啊，我們的學校都在不同縣市。」
偲穎看看她，「是啊！」
「嗯。」毓琮點頭。
「這也沒辦法。」祝恆看起來一點也不在意。
「沒關係，寒暑假的時候再約出來吧！」偲穎拍拍她的肩，「不管多忙，大家都要空時間出來喔。」
「我沒問題。」最忙的醫學系都說話了。
祝恆彈了一下她額頭，「幹什麼？這麼快就覺得寂寞？妳啊，在新環境好好訓練一下自己，別動不動就哭。」
「我才沒有。」
「那，就別露出那種表情。」
聽了，姚朵呆呆地抬頭，三張帶著笑意的臉近在眼前。她的確是擔心太多了，不管距離再怎麼遠，他們的心都連在一起，無庸置疑。

很久很久以後，他們也一定會像現在這麼要好吧。

下一秒，她衝進了三人的懷抱，把胸前的花都撞歪了。

那一刻，盛夏陽光照不進他們之間。緊密的心跳沒有縫隙，在燦爛的青春中，盡情喧鬧。

「畢業快樂！」

姚朵：謝謝你們，讓我聽見這顆心跳動的聲音。為了你們，為了一份從來不乏喧鬧的青春深深跳動著。

【全文完】

後記

又見面了！我是祝恆的腦殘粉，也叫凝微（閉嘴）。

相信你們也發現了，這次的風格不同於以往。它不走文青風，也不虐心——《青春不乏你喧鬧》正如它的書名一樣，是個吵吵鬧鬧的青春故事。記得當這個故事獲得華文大賞的純愛佳作時，我得到的評語是「角色鮮明，簡單卻不空泛」。正好，我一開始寫這個故事時，想呈現的就是這樣的氛圍。

祝恆、姚朵、白毓琮和偲穎，這四個人的關係似乎很簡單，是個她愛他，他卻愛她，然而他又愛她的青澀校園故事。對，我一開始也是這麼想的。不過後來，隨著故事漸漸變長，四人的關係也漸漸出現變化時，我才發現不只是這樣而已。

在這四人幫裡，每個人之間都存在微妙的關係。他們的情感並非是單向的，也並不只是暗戀者、被愛者和情敵這麼簡單。即使是水火不容的祝恆和白毓琮，也看得見他們珍惜著彼此的那條無形之線。

其實，誰的青春沒有過暗戀？誰的青春又沒有過爭執、嫉妒或惺惺相惜？在《青春不乏你喧鬧》中，你要想起的就是這份閃耀又甜蜜的苦痛。你或許能因為姚朵他們的互動，而再一次找到心動的理由；又或者當你哭著笑著看完了這個故事後——你會發現那個在你青春裡吵鬧不休的人，究竟對你有多重要（笑）。

我常覺得暗戀一個人，就像生了一場病一樣。不同的是，你永遠不會知道什麼時候才能好起來。不過，當你看見「那個人」的笑容時，又忽然覺得自己可以再戰十年了對吧？

由衷希望每份情感都有能去到的終點。

最後聊聊我自己吧！很多人都說我在聊故事內容的時候很不像我。沒錯！在生活中，我還是一樣很努力精彩，也很努力的出糗犯錯搞大事！畢竟這才像我嘛！但新的一年，我在工作領域上也升上管理職，比之前忙碌了不少。

不過，忙歸忙，我依舊感謝著一直在等待我作品的所有人。在往後的日子裡，我會盡快將新作品一個個帶給大家。也希望溫柔的你們，能一直喜歡我文字裡的溫度。

謝謝秀威出版社，謝謝編輯齊安，也謝謝親愛的你們！

那我們下次見囉！

凝微表示想幫祝恆寫一百本番外

要青春28　PG2012

要有光
FIAT LUX

青春不乏你喧鬧

作　　者	凝　微
責任編輯	喬齊安
圖文排版	周妤靜
封面設計	苡汨嫆

出版策劃	要有光
發 行 人	宋政坤
法律顧問	毛國樑　律師
印製發行	秀威資訊科技股份有限公司 114台北市內湖區瑞光路76巷65號1樓 電話：+886-2-2796-3638　傳真：+886-2-2796-1377 http://www.showwe.com.tw
劃撥帳號	19563868　戶名：秀威資訊科技股份有限公司 讀者服務信箱：service@showwe.com.tw
展售門市	國家書店（松江門市） 104台北市中山區松江路209號1樓 電話：+886-2-2518-0207　傳真：+886-2-2518-0778
網路訂購	秀威網路書店：https://store.showwe.tw 國家網路書店：https://www.govbooks.com.tw
總 經 銷	聯合發行股份有限公司 231新北市新店區寶橋路235巷6弄6號4F 電話：+886-2-2917-8022　傳真：+886-2-2915-6275

出版日期	2018年5月　BOD一版
定　　價	280元

Printed in Taiwan

國家圖書館出版品預行編目

青春不乏你喧鬧 / 凝微著. -- 一版. -- 臺北市 :
要有光, 2018.05
面 ;　公分. -- (要青春 ; 28)
BOD版
ISBN 978-986-96013-2-0(平裝)

857.7　　106025551

讀者回函卡

感謝您購買本書，為提升服務品質，請填妥以下資料，將讀者回函卡直接寄回或傳真本公司，收到您的寶貴意見後，我們會收藏記錄及檢討，謝謝！如您需要了解本公司最新出版書目、購書優惠或企劃活動，歡迎您上網查詢或下載相關資料：http:// www.showwe.com.tw

您購買的書名：＿＿＿＿＿＿＿＿＿＿＿＿＿＿＿＿＿＿＿＿

出生日期：＿＿＿＿年＿＿＿＿月＿＿＿＿日

學歷：□高中（含）以下　□大專　□研究所（含）以上

職業：□製造業　□金融業　□資訊業　□軍警　□傳播業　□自由業

□服務業　□公務員　□教職　□學生　□家管　□其它＿＿＿

購書地點：□網路書店　□實體書店　□書展　□郵購　□贈閱　□其他

您從何得知本書的消息？

□網路書店　□實體書店　□網路搜尋　□電子報　□書訊　□雜誌

□傳播媒體　□親友推薦　□網站推薦　□部落格　□其他＿＿＿＿

您對本書的評價：（請填代號　1.非常滿意　2.滿意　3.尚可　4.再改進）

封面設計＿＿　版面編排＿＿　內容＿＿　文／譯筆＿＿　價格＿＿

讀完書後您覺得：

□很有收穫　□有收穫　□收穫不多　□沒收穫

對我們的建議：＿＿＿＿＿＿＿＿＿＿＿＿＿＿＿＿＿＿＿＿

＿＿＿＿＿＿＿＿＿＿＿＿＿＿＿＿＿＿＿＿＿＿＿＿＿＿

＿＿＿＿＿＿＿＿＿＿＿＿＿＿＿＿＿＿＿＿＿＿＿＿＿＿

＿＿＿＿＿＿＿＿＿＿＿＿＿＿＿＿＿＿＿＿＿＿＿＿＿＿

請貼
郵票

11466
台北市內湖區瑞光路 76 巷 65 號 1 樓
秀威資訊科技股份有限公司 收
BOD 數位出版事業部

（請沿線對折寄回，謝謝！）

姓　　名：________________　年齡：______　性別：□女　□男

郵遞區號：□□□□□

地　　址：________________________________

聯絡電話：(日)________________ (夜)________________

E-mail：________________________________